KELIONĖ Į PRAEITĮ

KELIONĖ Į PRAEITĮ

ALDIVAN TORRES

aldivan teixeira torres

CONTENTS

1 Kelionė į Praeitį   1

CHAPTER 1

Kelionė į Praeitį

Aldivan Torres

Kelionė į Praeitį

Paskelbė: Aldivan Torres
©2019-Aldivan Torres
Visos teisės saugomos
Priešingos jėgos: antra dalis

Ši knyga, įskaitant visas jos dalis, yra saugoma autorių teisių ir jos negalima atgaminti be autoriaus leidimo, perparduoti ar perduoti.

Trumpa biografija: Brazilijoje gimęs Aldivan Torres yra įvairių žanrų rašytojas. Iki šiol yra paskelbti pavadinimai dešimtimis kalbų. Nuo mažens jis visada buvo rašymo meno mylėtojas, nuo 2013 m. antrosios pusės įtvirtinęs profesinę karjerą. Savo raštais jis tikisi prisidėti prie tarptautinės kultūros, pažadindamas malonumą skaityti tiems, kurie neturi įpročio. Jūsų misija yra užkariauti kiekvieno skaitytojo širdį. Be literatūros, pagrindinės jo diversijos yra muzika, kelionės, draugai, šeima ir paties gyvenimo malonumas. "Literatūrai visada reikia lygybės, brolybės, teisingumo, orumo ir žmogaus garbės" "tai jo šūkis.

Kelionė į Praeitį
Kelionė į Praeitį
Vizija
Pradžia
Geležinkelis
Judėjimas
Atvykimas į vasarnamį
Susitikimas su meru
Ūkininkų susirinkimas
Atgal namo
Skelbimas
Pirmoji darbo diena
Piknikas
Nusileidimas nuo kalno
Majoro piktnaudžiavimas
Masė
Atspindžiai
Sucavão
Rinka
Karvės atvejis
Pranešimas
Susitikimas

Išpažintis
Gandai
Kelionė į Recife
Grįžimas į vidų
Sutvarkyta santuoka
Aplankyti
Sumušimas
Gerusa pusbrolis
"Palaiminimas"
Reiškinius
Naujas draugas
Diena prieš vestuves
Tragedija
Juodasis debesis
Kankiniai
Vizijos pabaiga
Parodymus
Atgal į viešbutį
Idėja
Majoro figūra
Darbas
Pirmasis susitikimas su Kristina
Grįžimas į Pilį
II žinutė
Kelionė į Climério
Sprendimas
Patirtis dykumoje
Tamsos garbintojai
Turėjimo patirtis

Kalėjimas
Dialogą
Renato vizitas
Trečiasis susidūrimas su Kristina
Angelo pašaukimas
Paskutinis mūšis
Esamų struktūrų žlugimas
Pokalbis su majoru
Atsisveikinimas
Sugrįžimas
Namie
Epilogas

Vizija

Sėdžiu ant vienintelės turimos kėdės, palaikau save ant mažo staliuko ir pradedu vartyti rastus laikraščius. Visi yra iš 1909–1910 m. Skaitau tik antraštes, bet atrodo, kad jos neturi daug bendro su tuo, ko ieškau. Kai kurie kalba apie Pesqueira ir kitas regiono savivaldybes, tačiau sprendžiami klausimai susiję su sveikatos, švietimo ir politikos klausimais. Ko aš iš tikrųjų ieškau? Tragedija, sugebėjusi supurtyti šią mažą vietą ir paversti ją tamsos lauku. Aš vis varstau popierius ir man atrodo, kad tai bus varginanti ir monotoniška užduotis. Kodėl Carmen man tiesiog nepasakė tiesiogiai? Argi aš nebuvau patikimas? Tai būtų daug paprasčiau. Vėl prisimenu kalną, iššūkius ir urvą. Ne visada buvo paprasčiausias būdas lengvesnis, aiškesnis ar labiau apčiuopiamas. Pradedu tai šiek tiek suprasti. Galų gale, ji buvo niekšingos, žiaurios ir arogantiškos raganos galia. Ji man parodė kelią, būtent taip, kaip sakė, ir manau, kad to man užtektų, kad laimėčiau, įgyvendinčiau savo tikslus ir būčiau laimingas. Vis varstau popierius ir pasiimu maišelį iš 1910 m. Jei teisingai prisiminiau, tai buvo tragedijos metai, kai Fabio man pranešė interviu. Pradedu skaityti antraštes ir naujienas. Turėjau patikrinti visas galimybes.

Po valandą trukusio laikraščių skaitymo ir perskaitymo neradau nieko, kas atkreiptų mano dėmesį. Kaimo naujienos, sportas ir kiti skyriai buvo viskas, ką galėjau rasti. Viltis, kad rasiu naujieną, buvo šiame 1910 m. popieriniame maišelyje, kurį paėmiau. Palaukti, palauk. Jei ši tragedija iš tiesų įvyko, ji tikrai turėtų būti laikraštyje, kuris buvo ypač atskirtas, nes tai buvo tokia didelė naujiena. Pradedu ieškoti spintelės stalčių šalia stalo. Randu įvairių laikraščių su skirtingomis datomis. Vienas mane stebina: Tai nuo 1910 m. sausio 10-osios dienos ir turi tokią antraštę: Kristina, jaunoji pabaisa. Manau, kad radau tai, ko ieškojau. Palietus popierių, mane užklumpa šaltas vėjas, širdis lenktyniauja ir kaip kelionė per laiką patiriu šios istorijos viziją.

Pradžia

Prasidėjo XX amžius ir kartu su juo atsirado pirmieji žemės, esančios į vakarus nuo Pesqueira, pionieriai. Pirmieji, kurie išvyko, buvo majoras Quintino ir jo draugas Osmar, abu kilę iš Alagoas valstijos ir pasisavinę žemes, kurios buvo vietinių gyventojų nuosavybė. Vietiniai gyventojai buvo išstumti, pažeminti ir nužudyti. Jiedu nusprendė visam laikui nejudėti į regioną, nes jis neturėjo jiems tinkamos struktūros.

Laikui bėgant atėjo ir kitų žmonių, kurie išvalė burtus į mero kabinetą. Žemė buvo paaukota, o pirmieji namai pastatyti. Taigi atsirado gyvenvietė. Gyvenvietė pritraukė kai kuriuos regiono prekybininkus, norinčius plėsti savo verslą. Buvo atidarytas sandėlis, degalinė, maisto prekių parduotuvė, vaistinė, viešbutis ir žemės ūkio parduotuvė. Pradinė mokykla buvo pastatyta kaip intelektinis pagrindas plačiajai visuomenei. Tada Mimoso persikėlė į kaimo kategoriją, priklausančią Pesqueira būstinei.

Geležinkelis

Nuo 1909 m. Į Mimoso atvyko Didieji Vakarų traukiniai, atnešę pažangą ir technologijas į taikią vietą. Britų inžinieriai Calander, Tolester ir Thompson buvo atsakingi už bėgių klojimą ir stoties pastatų statybą. Europos įtaka taip pat pastebima kitų pastatų mūro ir Mimoso miesto teritorijose.

Įdiegus geležinkelį, Mimoso (pavadinimas kilęs iš Mimoso žolės, labai paplitusios regione) tapo komercinės svarbos ir regioninės politinės svarbos centru. Strategiškai įsikūręs atokių rajonų pasienyje su dykuma, kaimas buvo konsoliduotas kaip produktų atvykimo ir išvykimo iš daugelio Pernambuco, Paraíba ir Alagoas savivaldybių vieta. Be geležinkelio, purvo kelias, jungiantis Recife su dykuma, praėjo tiksliai jo centre, prisidėdamas prie vietos pažangos.

Mimoso gyventojus iš esmės sudarė Portugalų kilmės šeimų palikuonys. Mažiausiai palanki gyventojų dalis buvo Indijos ir Afrikos kilmės palikuonys. Mimoso žmones galima apibūdinti kaip draugiškus ir svetingus žmones.

Judėjimas

Konsolidavus geležinkelio įgyvendinimą ir su tuo susijusią pažangą Mimoso mieste, regiono takų ieškikliai (ūkininkai, majoras Quintino ir Osmar) nusprendė apsigyventi vietoje su visomis savo šeimomis.

Tai buvo 1909 m. vasario 10-oji diena. Oras buvo gražus, vėjas buvo šiaurės rytų, o kaimo aspektas kuo normalesnis. Horizonte pasirodo traukinys, kurį režisuoja inžinierius Roberto, atvežęs naujus vietinius gyventojus iš Recife: majorą Quintino, jo žmoną Helena, jo vienintelę dukrą Kristina ir jų tarnaitę Gerusa, juodaodę moterį iš Bahia. Traukinio viduje, keleivių salone, atsiskleidžia nerami Kristina.

"Mama, atrodo, kad mes atvažiuojame. Koks bus Mimoso? Ar man tai patiks?

" Tylus, mano vaikas. Nebūkite tokie nerimastingi. Netrukus sužinosite. Svarbu tai, kad esame kartu kaip šeima. Neilgai trukus įsikursime ir susidraugausime.

Didysis stebi abu ir nusprendžia prisijungti prie pokalbio.

"Nereikia jaudintis. Jums nieko netrūks. Pasistačiau gražų namą, esantį vienoje iš man priklausančių žemių. Jis yra šalia kaimo. Atminkite: jūs turėsite visišką laisvę bendrauti su mūsų socialinio lygio žmonėmis, bet aš nenoriu, kad jūs turėtumėte kontaktą su nešvariais ar labai vargšais.

"Tai išankstinis nusistatymas, tėti! Vienuolėje, kurioje išbuvau trejus metus, buvau mokomas gerbti kiekvieną žmogų, nepriklausomai nuo socialinės klasės, tautybės ar rasės, tikėjimo ar religijos. Esame verti to, ką laikome savo širdyse.

"Tos vienuolės yra atitrūkusios nuo realybės, nes gyvena prislėgtos. Aš neturėjau leisti tau ten eiti, nes tu grįžai su galva, pilna nesąmonių. Mintys apie tavo mamą, kurios aš nebeklausau.

"Visada svajojau, kad ji taps vienuole. Kristina man buvo didelė Dievo dovana. Aš ją mokiau visų religijos priesakų, kuriuos pažinojau. Kai jai sukako penkiolika, nusiunčiau ją pas vienuolę, nes buvau tikras dėl jos pašaukimo. Tačiau po trejų metų ji atsisakė ir vis tiek labai skauda. Tai buvo vienas didžiausių nusivylimų, kurį ji man kada nors padovanojo.

" Tai buvo tavo svajonė, Motina, o ne mano. Yra begalė būdų tarnauti Dievui. Man nebūtina būti vienuole, kad suprasčiau Jį ir suprasčiau jo Valią.

"Žinoma, kad ne! - Aš jai suorganizuosiu gerą santuoką. Jau turiu keletą idėjų. Na, o dabar ne laikas man atskleisti.

Traukinys švilpauja signalizuodamas, kad sustos. Kaimas atsiranda; Kristina pro vieną iš langų mato visus kaimiškus vietos aspektus. Jos širdis įsitempia ir ji jaučia šiek tiek drebulį savo kūne. Jos mintys prisipildo abejonių dėl to išankstinio nusistatymo. Kas jos laukė Mimoso mieste? Laikykis su mumis, skaitytojau.

Kristina ir Helena su savo lankų sijonais išsprūsta pro traukinio išėjimo duris. Majorui tai nepatinka. Keturi išvažiavimas ir sukelia tam tikrą smalsumo kibirkštį iš kitų vietos gyventojų. Jie elgiasi su elegancija ir prabanga. Didysis sveikina Rivanio kaip mandagumą. Nuo tada jie išvyksta į savo namus, esančius į šiaurę nuo kaimo.

Atvykimas į vasarnamį

Kristina, majoras, Helena ir Gerusa atvyksta į savo naujus namus. Tai plytų ir skiedinio namas, vasarnamio stiliaus, apie 1600 kvadratinių pėdų pastatyto ploto, kurį supa vaismedžių sodas. Viduje yra dvi gyvenamosios zonos, keturi miegamieji, virtuvė, skalbykla ir vonios kambarys. Išorėje yra tarnaitės kvartalai su kambariu ir vonios kambariu. Keturi vaikšto tylėdami, kol majoras prabyla.

"Na, štai, mūsų namas, kurį pastačiau prieš kelis mėnesius. Tikiuosi, kad jums patiks. Jis yra erdvus ir patogus.

"Atrodo labai gražiai. Manau, kad čia būsime laimingi. (Helena)

"Aš taip pat tikiuosi, kad taip, nepaisant išankstinio nusistatymo, kurį ką tik turėjau. (Kristina)

"Išankstiniai nusistatymai yra nesąmonė. Tu būsi laiminga, mano dukra. Ši vieta yra graži, užpildyta gerais ir svetingais žmonėmis. (Pagrindinis)

Keturi įeina į namą. Jie išpakuoja savo krepšius ir pailsės. Kelionė buvo ilga ir varginanti. Pradėdami kitą dieną, jie visiškai ištirtų vietą.

Susitikimas su meru

Ateina nauja diena, ir Mimoso prisistato bet kurios kaimo bendruomenės aspektais. Ūkininkai išeina iš namų ir ruošiasi naujai darbo dienai, tai daro ir prekybos pareigūnai. Vaikai eina pro šalį su savo motinomis naujai įkurtos mokyklos kryptimi. Asilai paprastai cirkuliuoja nešini savo kroviniais ir žmonėmis.

Tuo tarpu gražiame namelyje majoras ruošiasi išvykti. Jis važiavo į susitikimą Pesqueira su meru. Helena švelniai ištiesina striukę.

"Šis susitikimas man, žmonai, labai svarbus. Ten turi būti svarbūs žemės valdovai, tokie kaip Karabinų pulkininkas. Turiu dar kartą patvirtinti savo vietą Mimoso atžvilgiu.

"Jums seksis gerai, nes esate vienintelis šioje vietoje, turintis majoro laipsnį Nacionalinėje gvardijoje. Buvo gera mintis nusipirkti tą poziciją.

"Žinoma, kad buvo. Esu vizijos ir strategijos žmogus. Nuo tada, kai palikau "Alagoas" ir atvykau čia, turėjau tik pergales.

"Nepamirškite paprašyti pozicijos mūsų dukrai Kristina. Ji mažai ką darė. Išsilavinimo, kurį ji gavo vienuolyne, pakanka, kad ji galėtų atlikti bet kokias pareigas.

"Nereikia jaudintis. Aš žinosiu, kaip jį įtikinti. Mūsų dukra yra protinga ir nusipelno gero darbo. Na, aš turiu eiti. Nenoriu vėluoti į susitikimą.

Su bučiniu majoras atsisveikina su žmona Helena. Jis eina link durų, jas atidaro ir išeina. Jo mintys sutelktos į argumentus, kuriuos jis naudos per posėdį. Jis galvoja apie galią, šlovę ir visuomeninį ištuntavimą, kurį jam suteiks jo majoro rangas. Jis svajoja didelis. Jis svajoja tapti gubernatoriaus draugu ir tai darydamas gauna daugiau palankumo. Juk viskas, kas jam buvo svarbu, buvo galia ir, žinoma, dukters ateitis. Kiti jo žaidime tapo tik pėstininkais. Jis pakelia tempą, nes po penkių minučių traukinys į Pesqueira išvyks. Akimirką jis atkreipia dėmesį į vargšus žmones, kuriuos mato pakeliui. Jis gailisi ir pasuka veidą į kitą pusę. Majoras negali susimaišyti su visais, mano jis. Nuolankiausi ir atstumtieji jam skaičiuojami tik rinkimų metu. Kai ta akimirka praeina, jie praranda savo vertę ir po to majoras nebekreipia dėmesio į jų poreikius ar poreikius. Vargšai, kontroliuojami pulkininkų, yra neišsilavinę ir atsistatydina. Majoras vis vaikšto ir artėja prie traukinių stoties. Atvykęs jis nusiperka bilietą ir greitai įlipa. Traukinyje jis ieško geriausios sėdynės ir pradeda prisiminti savo vaikystę. Jis buvo vargšas berniukas iš Maceió priemiesčio, dirbęs saldainių pardavėju. Jis prisimena tėvo pažeminimą ir bausmes bei muštynes su vyresniais broliais. Tai buvo laikai, kuriuos jis norėjo pamiršti, bet jo atmintis atkakliai atsisakė nustoti jam priminti. Stipriausias jo prisiminimas yra apie kovą su pamote ir apie peilį, kurį jis panaudojo, kad ją nužudytų. Kraujas trykšta, rėkia, verkia ir jis pabėga iš namų po to, kai į galvą ateina veiksmas. Jis tampa elgeta ir netrukus po to supažindinamas su narkotikais, alkoholizmu ir nusikalstamumu. Jis grimzta į tą pasaulį maždaug penkerius metus, kol vieną dieną pasirodo pamaldi moteris ir jį įsivaikina. Jis auga, tampa žmogumi ir susitinka su Helena, ūkininko dukra, su kuria jis susituokia. Kažkada po to jie turi savo pirmąją ir vienintelę dukrą Kristiną. Jie persikelia į Recife. Jis perka Nacionalinės gvardijos majoro laipsnį ir keliauja gilyn į vidų ieškodamas žemės. Jis užkariauja viską nuo vakarinės pusės iki pat Pesqueira. Jis perima žemes ir tampa labai galingu žmogumi, kuris yra gerai žinomas ir gerbiamas. Jis visaip jautėsi esąs didis žmogus. Gyvenimas išmokė jį būti stipriu, skaičiuojančiu ir užkariaujančiu žmogumi. Jis panaudos visus šiuos ginklus savo tikslams pasiekti. Vis dar traukinyje jis pastebi tiesiai už jo, moterį su vaiku ant kelių. Jis prisimena Kristiną ir jos nekaltumą bei saldumą, kai ji buvo maža. Jis taip pat prisimena gimtadienio dovaną, kurią įteikia Kristina, skudurinę lėlę. Jis suteikia jai dovaną; ji apkabina jį ir vadina brangiu tėvu. Jis tampa emocionalus, bet negali verkti, nes vyrai negali to padaryti viešai. Jo mažoji Kristina dabar buvo graži ir patraukli jauna ponia. Jam reiktų suorganizuoti gerą santuoką ir kai kurias pareigas. Galvodamas apie tai, jis užmiega atkuriamajame miege. Traukinys siūbuoja: jis atsibunda ir klausia kišeninio laikrodžio, kad pamatytų, koks tai laikas. Jis pažymi, kad tai artima susitikimo laikui. Traukinys įsibėgėja; Pesqueira ateina į akį ir jo širdis ramina. Jo protas dabar sutelktas į susitikimą, ir jis galvoja apie susitikimą su savo draugais ūkininkais. Traukinys signalizuoja, kad sustos, o majoras stovi, kad pagreitintų savo išėjimą. Gyvenimas reikalavo aukų ir jis tai žinojo labiau nei bet kas kitas. Laikas per jo berniukšti ir jo gyvenimo patirtis jį dar labiau kvalifikavo. Traukinys pagaliau sustoja, ir jis skuba žemyn link miesto politinės būstinės.

Jau 8:00, o gigantiškas pastatas jau visiškai užpildytas. Majoras įeina, pasisveikina su pažįstamais žmonėmis ir sėdi vienoje iš jam skirtų priekinių sėdynių. Sesija dar neprasidėjo. Visame generaliniame štabe girdimas garsus reketas. Vieni skundžiasi delsimu, kiti "dėl savo artimųjų, kurie ne visi galėjo tilpti į mero kabinetą. Pastato valdytojas veltui bando kontroliuoti situaciją. Galiausiai atvažiuoja mero sekretorė, prašo tylos ir visi paklūsta. Jis praneša:

"Jo Ekscelencija, meras Horacio Barbosa, kreipsis į jus dabar.

Meras įeina, ištiesina drabužius ir ruošiasi pasakyti kalbą.

"Labas rytas, mano brangūs tautiečiai. Su dideliu pasitenkinimu sveikinu jus atvykus į šią vietą, kuri simbolizuoja mūsų savivaldybės galią ir stiprybę. Su dideliu džiaugsmu paskambinau jums čia ir šiek tiek pakalbėti apie mūsų savivaldybę ir suteikti galių politiniams Mimoso ir Carabais atstovams. Mūsų savivaldybė labai augo komerciniame sektoriuje ir žemės ūkyje.

Dykumos pasienyje su atokiais rajonais mes turime Mimoso kaip pagrindinį prekybos postą. Čia dalyvauja jūsų politinis atstovas majoras Quintino. Atokiose vietovėse turime Karabinus, o su pažįstamu ūkininkavimu miestui pavyko atnešti daug dividendų. Čia taip pat yra Carabais pulkininkas ponas Soares. Mūsų savivaldybės turizmas vystosi ir nutiesus geležinkelį. Kaip matote, mūsų savivaldybė auga................................
.... Galiausiai norėčiau pristatyti P. Soares ir poną Quintino. Plojimai jiems.

Susirinkimas stovi ir ploja jiems abiem.

"Turėdamas savo, kaip mero, autoritetą, dabar skelbiu jums savo apylinkių vadus. Jūsų funkcija yra geležiniu kumščiu valdyti visuomenės interesus, prižiūrėti mokesčių surinkimą ir palaikyti įstatymus bei teisingumą, atitinkantį mūsų interesus. Pažadu jums padėti visais būdais.

Apdovanojami jiems ir visiems sąsagoms. Quintino signalizuoja merui ir abu pasitraukia nuo podiumo. Jie turėtų privatų pokalbį. Jiedu įeina į ribotą kambarį.

" Na, Jūsų Ekscelencija, aš paprašiau jūsų laiko akimirkos, nes turiu su jumis apsvarstyti du klausimus. Pirma, noriu didesnio procento nuo mokesčių surinkimo. Antra, darbas mano dukrai Kristina. Kaip žinote, "Mimoso" po geležinkelio tapo labai svarbiu prekybos postu ir su tuo prefektūros pelnas proporcingai padidėjo. Tada noriu tapti stipresnis ir galingesnis, o kas žino, net būti tavo įpėdiniu. Be to, noriu gero darbo ir gero atlyginimo savo dukrai Kristina. Ji buvo gana... statinis pastaruoju metu.

"Kalbant apie pelną, jūsų klausimas tampa neįmanomas. Miestas turi daug išlaidų, o mano administracija yra skaidri ir rimta.

Asmeniškai aš nieko negaliu padaryti. Kalbant apie darbą, kas žino, aš galiu suteikti jai mokytojo pareigas.

"Kaip taip? Jūsų administracija skaidri ir rimta? Korupcija čia pagarsėjusi! Gerai prisiminkite, kad aš palaikiau jūsų gubernatorių ir gavau jam nemažą dalį balsų. Jei neduosite man to, ko prašau, palaikymas bus išjungtas.

Meras tylėjo ir mąstė bei permąstė apie savo kabinetą. Jis nukreipė akis į Quintino ir pakomentavo.

"Tu tikrai baisus. Nenoriu būti vienas iš jūsų priešų. Labai gerai. Aš padidinsiu jūsų procentą ir atiduosiu mokesčių rinkėjo postą jūsų dukrai. Kaip tai?

Švelni šypsena užpildė majoro Quintino veidą. Jo argumentų pakako, kad įtikintų merą. Jis tikrai buvo nugalėtojas ir karys.

"Labai gerai. Sutinku. Ačiū už supratingumą, Jūsų Ekscelencija.

Quintino atsisveikino ir pasitraukė iš kambario. Susirinkimas buvo atidėtas ir visi pasitraukė iš salės.

Ūkininkų susirinkimas

Pasibaigus posėdžiui, pagrindiniai Pesqueira miesto "ponai" susirenka bare netoli tos vietos, kur jie buvo. Tarp jų "Sanharó pulkininkas (ponas Goncalves), Karabinų pulkininkas (ponas Soares) ir majoras Quintino iš Mimoso. Jie linksmai kalba apie galią, jėgą ir prestižą.

"Geležinkelio įgyvendinimas buvo Vyriausybės koziris. Tai skatino mūsų turto gamybą ir rinkodarą. Pesqueira jau pabrėžia valstybės lygmeniu. Jos rajonai tapo susiję su daugybe skirtingų žanrų. Pavyzdžiui, Mimoso tapo labai svarbia komercine strategine vieta. Jau matau visus privalumus, kuriais galėsiu pasinaudoti šioje situacijoje. Turtas, socialinis stėnavimas, politinė galia ir neribotas vadovavimas. Mano priešai neturės atokvėpio, nes aš su jais susitvarkysiu geležimi ir ugnimi. Mano komanda jau pasiruošusi sukilėliams. (Majoras Quintino)

"Kalbant apie Carabais, geležinkelis neturėjo įtakos mūsų finansams vien dėl to, kad jis nekerta per mūsų rajoną. Vyriausybės technikai matė, kad reikia jį nukreipti prieš pat įėjimą į kaimą. Dirvožemis nebuvo tinkamas bėgiams dislokuoti. Tačiau mūsų rajonas yra svarbus žemės ūkio centras. Mūsų produktai eksportuojami į kaimynines valstybes. Kaip pulkininkas, aš dominuoja regione ir esu gerbiamas. Tie, kurie yra mano priešai, neišgyvens labai ilgai.

"Geležinkelio įkūrimas Sanharó mieste buvo svarbus, bet ne vienintelis pajamų šaltinis. Žemės ūkis yra stiprus, ir mes tobulėjame valstybiniu lygmeniu. Mūsų pienas ir mėsa yra pirmos klasės ir suteikia mums gerą derlių. Kalbant apie savo priešus, aš su jais elgiuosi taip pat, kaip ir su jumis. Turime išlaikyti pulkininkų sistemos galią.

"Tai tiesa. Ši sistema turėtų būti išlaikyta mūsų pačių labui. Balsų klastojimas, sukčiavimas, palankumo tinklas... visa tai mums naudinga. Mūsų galia ir stiprybė kyla iš kankinimų, spaudimo ir bauginimo. Brazilija yra tokia: Didžioji galios struktūra, kurioje išgyvena tik stipriausieji. Nuo pietryčių, kur dominuoja turtingi kavos augintojai, iki šiaurės rytų dalių, kurias valdo pulkininkai, sistema yra tokia pati. Keičiasi tik vardai ir situacijos. Turime išlaikyti žmones tylius ir atsistatydinančius, nes tai yra geriausia mūsų ambicijoms ir tikslams. (Pagrindinis)

"Visiškai sutinku ir norint, kad žmonės tylėtų ir būtų malonūs, būtina išlaikyti savo žiaurumo, priespaudos ir autoritarizmo veiksmus. Žmonės turėtų mūsų bijoti. Priešingu atveju mes prarandame pagarbą ir savo naudą. Pasaulis yra nesąžiningas, ir mes turėtume būti mažos gyventojų dalies, kuri yra nugalėtojai, dalimi. Norint laimėti, reikia žudyti, žeminti ir naikinti priesakus ir vertybes, ir tai mes padarysime.

Pokalbis tęsiasi susijaudinęs apie moteris, pomėgius ir kitus dalykus. Jie praleidžia beveik dvi valandas kalbėdamiesi. Majoras Quintino pakyla, atsisveikina su kitais ir išeina. Traukinys, važiuojantis į Pesqueira į Mimoso, netrukus išvažiavo.

Atgal namo

Didysis skuba atgal link Pesqueira geležinkelio stoties. Traukinys stovi vietoje, laukdamas tikslaus momento išvažiuoti. Jis eina į bilietų kasą, perka bilietą, palieka arbatpinigius ir eina link traukinio. Jis įlipa, skundžiasi kolekcininko delsimu jam tarnauti ir atsisėda. Traukinys signalizuoja, kad išvyksta, o pagrindinis dėmesys sutelkiamas į jo planus. Jis save laiko Pesqueira meru, gubernatoriaus dešiniąja ranka ir mažiausiai penkių anūkų seneliu. Kristinos vaikai su žentu, kurį jis pasirinkdavo. Galų gale, vyras pasiekiamas tik tuo atveju, jei jis gali susituokti su savo vaikais. Traukinys išvažiuoja ir kartu su juo važiuoja svajojančiu majoru.

Traukinio ritmas yra gana reguliarus. Keleiviai sėdi ramiai ir patogiai. Darbuotojas keleiviams siūlo sultis ir užkandžius. Majoras užkandžiauja, kramto ir įsivaizduoja, koks geras yra pergalės ir sėkmės skonis. Jis buvo nuvykęs į susitikimą ir grįžęs įgyvendinti savo planus. Jis turėtų teisę į didesnį procentą mokesčių ir gerą darbą dukrai. Ko daugiau jis galėtų norėti? Jis buvo pasiruošęs žmogus, laimingas savo santuokoje ir turėjo gražią dukrą. Jis turėjo Nacionalinės gvardijos majoro laipsnį, kurį buvo nusipirkęs, ir tai suteikė jam teisę politiškai dominuoti Mimoso. Vienintelis dalykas, kuris padarytų jį laimingesnį, būtų tai, jei jis būtų pulkininkas, gubernatoriaus dešinioji ranka ir vedęs savo dukrą su idealiu žentu. Taip tikrai atsitiktų. Laikas bėga ir traukinys priartėja prie mažo Mimoso miestelio, jo rinkiminio koralo. Jis nekantravo pranešti žinią dviem savo gyvenimo moterims. Jo širdis pagreitėja ir šaltas vėjas trenkia į jo kūną, kai staiga traukinys keičia tempą. Tai turbūt nieko, jis galvoja sau. Traukinio ritmas grįžta į normalią būseną, ir jis nusiramina. Mimoso artėja vis arčiau ir arčiau. Akimirką jis mano, kad pasaulis galėtų būti teisingesnis ir kad visi turėtų būti nugalėtojai tokie, kokie jis buvo. Jis bando nukrypti nuo šios minties. Jis nuo vaikystės sužinojo, koks yra gyvenimas, ir žinojo, kad jis nesikeis nuo vienos minutės prie kitos. Jis vis dar nešiojo savo kančios žymes: tėvo bausmes, kovą su vyresniais broliais, žmogžudystę, kurią jis įvykdė. Jo smegenys išsaugojo tuos prisiminimus iš tos epochos. Jei tik galėtų, tuos prisiminimus mėtytų į šiukšlyną, toli, toli. Traukinys švilpauja signalizuodamas, kad sustos. Keleiviai tvirtina plaukus ir drabužius. Traukinys pravažiuoja ir visi išlipa, įskaitant ir didįjį. Atvykimas yra atsipalaidavęs, ir jis visi šypsosi. Galų gale, jis grįžo iš Pesqueira pergalingai.

Skelbimas

Išlipęs iš traukinio, majoras nueina į stotį, pasisveikina su Rivanio ir paklausia, ar viskas gerai. Jis atsako "taip", o pagrindiniai pasiūlymai atsisveikina ir išeina į savo namus. Pakeliui jis susitinka su kai kuriais žmonėmis ir jie kalba apie švietimą. Jis skuba savo žingsnius ir po kelių minučių yra netoli savo gyvenamosios vietos. Atvykęs jis įeina be ceremonijos ir suranda Gerusa valymo namus ir siunčia ją paskambinti dviem jo gyvenimo moterims. Jie ateina ir apkabina bei pabučiuoja jį. Majoras prašo, kad jie sėdėtų, ir jie greitai paklūsta.

"Ką tik atėjau iš susitikimo, kurį turėjau Pesqueira, ir žinia negalėjo būti geresnė. Pirma, gausiu didesnį procentą nuo mokesčių, kuriuos surinksiu. Antra, gavau mokesčių rinkėjo darbą savo mylimai dukrai Kristina. Ką manai?

"Sensacinga. Didžiuojuosi, kad esu tikro charakterio vyro, tokio kaip tu, žmona. Mes tapsime turtingesni ir galingesni tik laikui bėgant.

"Džiaugiuosi dėl tavęs, tėti. Ar nemanote, kad mokesčių rinkėjo darbas man yra šiek tiek vyriškas?

"Argi tu ne laiminga, dukra? Tai puikus darbas ir tinkamas atlyginimas. Nemanau, kad tai vyro darbas. Tai yra aukšto pasitikėjimo pozicija, kurią galite atlikti tik jūs.

"Žinoma, tai puikus darbas. Kaip jos mama, besąlygiškai pritariu.

"Gerai. Jūs mane įtikinote. Kada pradėti?

"Rytoj. Jūsų funkcija yra stebėti ir vykdyti oficialų mokesčių rinkėją Claudio, degalinės savininko Paulo Pereira sūnų. Jis yra atsakingas ir sąžiningas, bet panašu, kad istorija sako, kad galimybė daro žmogų.

"Manau, kad man bus gerai. Tai puiki proga susitikti su žmonėmis ir susirasti draugų.

Didysis išeina į pensiją ir eina išsimaudyti. Kristina grįžta prie mezgimo, kurį darė prieš atvykstant tėvui, o Helena eina duoti užsakymų virtuvės tarnaitei. Kita diena būtų jos pirmoji darbo diena.

Pirmoji darbo diena

Prasideda nauja diena. Šviečia saulė, paukščiai gieda, o ryto vėjas apgaubia vasarnamį. Kristina ką tik pabudo po gilaus ir gaivinančio miego. Sapnas, kurį ji turėjo prieš naktį, paliko ją giliai suintriguotą. Ji svajojo apie vienuolyną ir vienuoles, kuriomis mokosi žavėtis per trejus savo gyvenimo metus, skirtus religijai. Jie dalyvavo jos vestuvėse. Ką tai reiškė? Tuo metu ji neplanavo tuoktis. Ji buvo jauna, laisva ir kupina planų. Jos viduje verkė savisaugos jausmas. Ne, ji tikrai nebuvo pasiruošusi santuokai. Ji tyliai išsitiesia savo lovoje ir žiūri į laiką. Tai buvo arti 6:30 val. Ji atsistoja, žiovauja ir eina į apartamentų vonios kambarį. Ji įeina, įjungia maišytuvą ir šaltas vanduo neša ją į vienuolyno laikus. Ji prisimena ten dirbusį sodininką ir sūnų, kuris ją sužavėjo. Jie pradėjo romantiškus žaidimus ir kartu vaikščiojo ir greitai ji sužinojo, kad yra įsimylėjusi. Jos kontaktas tęsėsi su sodininko sūnumi, tačiau vieną dieną viena iš vienuolių pagavo juos bučiuojantis. Buvo konsultuotasi su Motina Viršininke, Kristina krepšiai buvo supakuoti, ir ji buvo ištremta iš vienuolyno. Šią dieną ji pajuto didelį palengvėjimą. Palengvėjimas, kad nebemeluoja nei sau, nei pačiam gyvenimui. Kontaktas su sodininko sūnumi buvo išformuotas; ji jį pamiršta ir išeina į namus. Motina ir tėvas ją pasitiko namuose su nuostaba. Ji nuvylė savo motiną ir suteikė naujos vilties savo tėvui, kuris norėjo pamatyti ją ištekėjusią su vaikais. Laikas bėgo ir nuo to laiko ji neįsimylėjo. Ji išmoko megzti ir siuvinėti, kad geriau praleistų laiką. Dabar ji buvo įdarbinta mokesčių rinkėja dėl tėvo įtakos. Ji jautė nerimą ir nervingumą dėl naujos situacijos. Ji išjungia šaltą vandenį, muiluoja ir pradeda įsivaizduoti savo naująjį bendradarbį Claudio. Ji fotografuoja aukštą, šviesiaplaukį berniuką, pilną tatuiruočių. Jai patinka tai, ką ji mato, ir toliau maudosi. Ji valo savo kūną maždaug taip, tarsi iš savo sielos išimtų priemaišas. Ji išjungia maišytuvą ir uždeda du rankšluosčius: didesnį ant kūno ir mažesnį ant galvos. Ji išeina iš apartamentų ir eina į virtuvę pusryčiauti. Ji sėdi, patiekia sau tortą ir sveikina tėvą bei motiną. Majoras pradeda kalbėtis.

"Ar tu susijaudinusi, mano dukra? Tikiuosi, kad pirmąją darbo dieną jums seksis gerai. Daug ko išmoksite iš Claudio. Jis yra puikus mokesčių rinkėjas.

"Taip, aš esu. Nekantrauju patekti į darbą, nes mezgimas ir siuvinėjimas nėra tokie smagūs kaip anksčiau. Šis darbas man puikiai pasitarnaus, nors manau, kad jis šiek tiek vyriškas.

"Vėlgi, su tuo? Ar nematote, kad šiomis insinuacijomis įskaudinote savo tėvą? Jis viską daro dėl tavęs.

"Atleiskite, jūs abu. Esu šiek tiek užsispyrusi su kai kuriomis idėjomis.

Kristina baigia pusryčius, atsisveikina su bučiniu ant tėvų kaktos ir eina prie durų. Ji atidaro jį ir eina į degalinę. Pakeliui kyla abejonių dėl jos užpuolimo: ar šis Claudio elgsis kaip urvinis žmogus? Ar jis gerbs ją darbe? Ji nieko nežinojo apie jį, išskyrus tai, kad jis buvo Pereira sūnus ir turėjo dvi seseris: Fabiana ir

Patriciją. Ji vis vaikšto ir vos priėjusi prie degalinės jaučia dar didesnį nerimą ir nervingumą. Ji sustoja ir šiek tiek kvėpuoja. Įkvėpimo ji ieško visatoje, gamtoje ir savo neramioje širdyje. Ji prisimena vienuolyne išmoktas pamokas, vienuoles ir jų išskirtinį gyvenimo matymo būdą. Tai buvo trejų metų dvasinio susibūrimo laikotarpis, kuris, atrodė, dabar neturi jokios prasmės. Ji buvo susitikusi su naujais žmonėmis, pradėjusi naują amatą ir kas žino, ar tai nepakeis jos požiūrio į žmones ir gyvenimą. Štai ką ji sužinos laikui bėgant. Ji ir toliau vaikšto. Nauja jėga ją atgaivina ir pripildo jos būtį bei suteikia jai papildomą postūmį. Ji turėjo būti drąsi, nes tuo metu, kai susidūrė su savo vienuolyno Motina Viršininke ir išpažino tiesą: Kad ji buvo visiškai įsimylėjusi. Jie susikrovė jos krepšius; ji buvo išspirta ir tuo metu jautėsi taip, lyg jie būtų nuėmę didžiulį svorį nuo jos nugaros. Ji persikėlė iš sostinės ir dabar pasaulio pabaigoje gyvena be draugų ir be jokių patogumų. Ji turėtų prie to priprasti. Praeina kelios minutės ir ji artėja prie degalinės. Ji yra vos už kelių pėdų nuo jo. Ji taiso plaukus ir drabužius, kad padarytų gerą įspūdį. Ji kvėpuoja paskutinį kartą, įeina ir prisistato.

"Aš esu Kristina Matias, majoro Quintino dukra. Aš ieškau Claudio, mokesčių rinkėjo. Ar jis yra namuose?

"Mano sūnus nuėjo greitai užkąsti valgyti restorane čia, šalia. Aš jam atsiųsiu. Tai mano dukros Fabiana ir Patricija, o aš esu ponas Pereira.

Kristina pasisveikino su jais bučiniais į skruostą.

"Taigi, jūs esate garsioji Kristina. Negaliu patikėti, kad dar tavęs net nemačiau. Tu daug lieki viduje ir tai nėra gerai. Na, o nuo šiol galime būti draugais ir pabūti kartu. (Fabiana)

"Labai malonu su tavimi susitikti. Tu, Fabiana ir aš būsime puikūs draugai, galite tuo pasikliauti.

-Ačiū. Aš taip pat labai džiaugiuosi galėdamas su jumis susitikti. Aš nelabai išeinu, nes mano tėvai kontroliuoja. Jie mano, kad majoro dukra turi būti šiek tiek santūri. Jie yra pernelyg apsaugoti.

- Na, tai pasikeis. Laikykite save mūsų gaujos dalimi. Mes esame beprotiškiausi vaikai kvartale. (Fabiana)

"Mūsų gauja yra puiki. Jums patiks būti jo dalimi. (Patricija)

"Ačiū, kad pakvietėte mane būti jūsų grupės dalimi. Manau, kad keli santykiai ir draugai manęs neįskaudins.

Pokalbis kurį laiką gyvai tęsėsi. Claudio tyliai prieina ir susiduria su Kristina. Jų akys užsifiksuoja ir dabar kaip magija atrodo, kad tik jiedu egzistuoja visoje visatoje. Abiejų širdys skuba po susitikimo ir vidinis karštis keliauja per abu kūnus.

"Čia mane pasikvietė tėtis. Jūs turite omenyje, kad esate ta mergina, kuri mane prižiūrės? Na, manau, nesijausiu taip nejaukiai.

Komplimentas paliko Kristina šiek tiek šokiruotą. Ji niekada nerado vyrų tokių tiesmukiškų.

"Mano vardas Kristina; Aš esu majoro dukra. Aš esu jūsų naujas partneris darbe. Ar galime pradėti? Nekantriai laukiu.

"Taip, žinoma. Mano vardas Claudio. Mes kaip tik laiku pradedame darbą. Pirmoji komercinė įstaiga, kurią šiandien aplankysime, yra mėsinė. Praėjo trys mėnesiai, kai savininkas nesumokėjo mokesčių ir mes turime jį spausti. Manau, kad jūsų buvimas padės.

" Eime, tada. Buvo malonu susitikti su tavimi, Fabiana ir Patricija. Iki pasimatymo.

Jiedu atsisveikindami mojuoja rankomis. Claudio ir Kristina kartu išvyksta link mėsinės parduotuvės. Kristina mintys kyla intymiai, ir ji jaučiasi kaip kvailė už tai, kad taip dievino Claudio. Jis buvo nieko panašaus į tai, ką ji įsivaizdavo, bet jis kažką maišė jos viduje. Jausmas, kad ji turėjo su juo susipažinti, buvo tarsi nieko, ko ji niekada nebūtų patyrusi. Kas tai buvo? Ji negalėjo to apibrėžti, bet tai buvo kažkas stipraus ir ilgalaikio. Du kartus eina vienas šalia kito ir Claudio bando pradėti pokalbį.

"Kristina, papasakok man šiek tiek apie save. Jūs esate iš Recife, tiesa?

"Ne. Dešimt metų gyvenau Recife. Tiesą sakant, aš esu iš Alagoas. Mano vaikystė ten buvo beveik visiškai praleista.

"Ar kada nors turėjote vaikiną?

"Turėjau vieną, bet tai buvo prieš kurį laiką. Ketinau būti vienuole. Trejus savo gyvenimo metus praleidau vienuolyne, bandydamas rasti savo gyvenimo prasmę. Kai supratau, kad neturiu pašaukimo, išėjau ir grįžau į tėvų namus.

"Būtų didelis švaistymas, jei būtum vienuolė, su visa derama pagarba. Nieko prieš religiją, bet savęs atidavimas Dievui reikalauja per daug iš žmogaus.

"Na, tai viskas praeityje. Turiu sutelkti dėmesį į savo naują gyvenimą ir savo pareigas.

Pokalbis staiga sustoja ir jiedu toliau vaikšto. Miesto centre žmonių atėjimas ir išvykimas yra pastovus. Mimoso po geležinkelio implantavimo virto regioniniu prekybos centru. Žmonės atvyko iš viso regiono aplankyti ir apsipirkti jo parduotuvėse. Mėsinė yra netoliese, o Kristina vos gali sulaikyti save. Ji nežinojo, kaip elgtis. Galų gale, ji buvo majoro dukra ir turėjo parodyti pavyzdį. Mokesčių rinkėjo darbas ją labai atskleistų. Galiausiai jie atvyksta ir Claudio kreipiasi į poną Helio, parduotuvės savininką.

"Pone Helio, mes atvykome čia, kad surinktume iš jūsų trijų mėnesių mokesčius, kuriuos esate skolingi. Miestui reikia jūsų indėlio, kad galėtumėte investuoti į švietimą, sveikatą ir sanitariją. Atlikite savo, kaip piliečio, pareigą.

" Argi aš tau nesakiau, kad esu palūžęs? Verslas čia nebuvo geras. Man reikia pratęsimo, kad sumokėčiau jums.

"Daugiau pasiteisinimų nepriimsiu ir jei nemokėsi, turėsi problemų. Matote šią merginą su manimi? Ji yra majoro dukra. Jis nėra patenkintas jūsų įsipareigojimų nevykdymu. Geriausias dalykas, kurį reikia padaryti, pone, būtų sumokėti skolas.

Helio akimirką pagalvojo, ką daryti. Iš pirmo žvilgsnio jis žiūri į Kristiną ir įtikina save, kad ji yra majoro dukra. Jis atidaro stalčių, išsiima vatą pinigų ir sumoka. Ir padėkokite jam, ir pasitrauksite iš įstaigos.

Rytas praleidžiamas dirbant. Jiedu lankosi namuose ir įmonėse. Kai kurie mokesčių mokėtojai atsisako mokėti, reikalaudami kapitalo trūkumo. Kristina pradeda žavėtis Claudio dėl jo profesionalumo ir pasitikėjimo savimi. Rytas praeina ir diena baigėsi. Jiedu atsisveikina ir kad po penkiolikos dienų vėl sugrįš kartu į darbą.

Piknikas

Saulė žengia į horizontą ir dar labiau įkaista, kai tik po vidurdienio. Judėjimas mažėja, ūkininkai atvyksta iš ūkio, skalbėjai atvyksta su savo kroviniais, kuriuos jie plauna Mimoso upėje, valstybės tarnautojai paleidžiami, nėrinių gamintojai gauna pertrauką darbe ir visi gali papietauti. Kristina niekuo nesiskiria nuo kitų ir šiuo metu taip pat grįžta namo. Ji atvyksta, atidaro duris ir eina į pagrindinę virtuvę. Jos tėvai jau dalyvauja, o Gerusa patiekia pietus.

"Atleisk mums už tai, kad nelaukėme, kol tu patieksi pietus, mano dukra, bet aš atvykau pavargęs ir alkanas, nes buvau verslo susitikime. Pakeitus temą, kokia buvo jūsų pirmoji darbo diena? (Pagrindinis)

"Nereikia atsiprašyti. Mano pirmoji darbo diena buvo ilga ir varginanti. Mes su Claudio stengėmės įtikinti mokesčių mokėtojus mokėti. Tačiau kai kurie tapo tvirti savo pozicijose. Apskritai tai buvo geros dienos darbas, nes daug ko išmokau. Aš tiesiog nesu tikras, kad noriu tai daryti visą likusį gyvenimą.

"Pasakykite Claudio, kad noriu detalių apie tuos, kurie nemokėjo. Aš esu didysis ir daugiau jokių vėlavimų netoleruosiu.

"Ar sutikote ką nors, dukrą? Susidraugauti? (Helena eurų.

"Taip, keli žmonės. Claudio seserys yra gana gražios.

Gerusa patiekia Kristiną ir ji pradeda valgyti. Tuo metu ji tylėjo, nes buvo taip auklėjama. Gerusa pasitraukė iš virtuvės ir nuėjo į savo kvartalus už namų ribų. Trys namiškių vadovai liko, valgydami. Kristina baigia pietus, atsistoja nuo stalo ir atsisveikina su tėvais bučiniais į skruostus. Ji eina į namo balkoną, kur jis gerai vėdinamas ir vėsus, kad galėtų megzti. Ji pasiima siūlus ir pradeda megzti. Jos judrių rankų judesys nukelia ją į paslaptingus pasaulius, kur gali pasiekti tik vaizduotė. Ji mato save susitikinėjančią su vyru stipriais, raumeningais pečiais ir tvirta pozicija. Ji įsivaizduoja savo sužadėtuves ir vėlesnę santuoką. Tą akimirką vidinis sielvartas ją baudžia ir kankina. Akimirka praeina ir ji mato save kaip trijų gražių vaikų motiną. Jos vaizduotėje laikas greitai praeina ir ji mato save kaip močiutę ir prosenelę. Mirtis ateina ir ji mato save rojuje, apsuptą angelų ir mūsų Viešpaties Jėzaus Kristaus. Jos judrios rankos dirba, ir akimirką ji audekle pripažįsta, kad ji mezga pažįstamo vyro veidą. Ji purto galvą, ir iliuzija praeina. Kas su ja vyko? Ar ji buvo išprotėjusi, o gal net įsimylėjusi? Ji nenorėjo tikėti šia galimybe. Ji dirba tol, kol išgirsta savo vardą, tariamą neįtikėtinu intensyvumu. Ji grįžta prie įėjimo į savo namo sodą, iš kur išgirdo balsą. Ji atpažįsta Fabiana, Patriciją ir Claudio, lydimus kitų jaunuolių.

"Ar galime užeiti, Kristina?

"Taip, galite. Pasigaminkite save namuose.

Į namo sodą įėjo lygiai šeši jaunuoliai. Jie pakilo laiptais, kurie leido patekti į balkoną, ir susitiko su Kristina. Fabiana rūpinosi supažindinti nežinomus draugus.

"Tai mano pusbrolis Rafaelis, tai mano draugai Talita ir Marcela.

Kristina pasisveikino su jais bučiniais į skruostą.

"Malonu su tavimi susitikti. Jei esate Fabiana draugai, tuomet esate ir mano draugai.

"Malonumas yra visas mano. Claudio labai daug kalbėjo apie jus. (Rafaelis)

" Na, Kristina, mes atvykome čia, kad pakviestume jus į gražų pasivaikščiojimą iki Ororubá kalno viršūnės. Lauke rengsime iškylą. Kontaktas su gamta yra būtinas, kad žmonės galėtų vystytis ir išsilaisvinti iš savo karmos. (Claudio)

"Ar norėtum eiti, Kristina? Tu esi viduje daug ir tai nėra gerai. (Fabiana)

"Mes primygtinai reikalaujame. (Jie visi kartojasi)

"viskas gerai. Aš eisiu. Jūs mane įtikinote. Palaukite tik minutę, kurią pasakysiu tėvams.

Kristina akimirkai įeina į namus, bet netrukus grįžta. Ji susitinka su grupe ir kartu jie sutinka leistis į kelionę į paslaptingą Ororubá kalną, šventąjį kalną. Septyni pradeda vaikščioti. Kristina stebi Claudio ir daro išvadą, kad jis yra tipiškas kaimo žmogus: stiprus, pasitikintis savimi ir kupinas žavesio. Pirmoji diena, kai jie dirbo kartu, padarė gerą įspūdį, tačiau ji vis tiek nežinojo, kaip jaučiasi dėl jo. Ji tiesiog žinojo, kad tai stiprus ir ilgalaikis jausmas. Na, o piknikas buvo galimybė geriau jį pažinti, mano ji. Septyni įsibėgėja ir netrukus yra kalno papėdėje. Grupės lyderis Claudio sustoja ir prašo, kad visi padarytų tą patį.

"Svarbu, kad dabar save drėkintume, kad vėliau neturėtume problemų. Pasivaikščiojimas ilgas ir išsamus. (Claudio)

"Girdėjau, kad šis kalnas yra šventas ir turi magiškų savybių. (Talita)

"Tai tiesa. Legenda pasakoja, kad paslaptingas šamanas atidavė savo gyvybę, kad išgelbėtų savo žmones. Nuo tada Ororubá kalnas tapo šventas. Jie taip pat sako, kad dvasinis protėvis, pavadintas kalnų sargybinių globėju, saugo visas savo paslaptis. (Fabiana)

"Tai dar ne viskas. Jo viršuje yra didingas urvas, kuris, kaip teigiama, gali išpildyti bet kokį norą. Svajotojai iš viso pasaulio ieško jos, kad gautų stebuklus. Tačiau, kiek žinome, niekas to neišgyveno. (Patricija)

"Šios istorijos mane nervina. Ar nebūtų geriau, jei grįžtume? (Kristina)

"Nesijaudink, Kristina. "Tai tik istorijos. Net jei tai būtų tiesa, aš būčiau čia, kad jus apsaugočiau. (Claudio)

"Claudio nėra vienintelis. Aš taip pat esu vyras ir esu pasirengęs jums padėti, jei jums to reikia. (Rafaelis)

"O aš? Niekas manęs neapsaugo. Aš taip pat esu nelaimės ištikta mergelė. Man skauda. (Marcela)

Rafaelis prieina prie Marcela ir apkabina ją kaip ženklą, kad ji neturi ko bijoti. Visi geria vandenį ir pradeda vaikščioti. Kristina žengia šiek tiek toliau ir atsiduria šalia Claudio, priešais. Išgirdusi informaciją apie kalną ji jautėsi nesaugiai. Ji galvoja apie kalną, globėją ir urvą. Intymiai ji mato save įeinančią į urvą ir tą akimirką suvokiančią didžiausią savo norą. Ji taip pat buvo svajotoja, kaip ir daugelis, kurie žuvo urve ieškodami savo svajonių. Na, reikėjo išlaikyti kojas ant žemės, atšiaurioje realybėje ji buvo majoro dukra ir tai šiek tiek apribojo jos veiksmų laisvę draugų, meilės ir norų atžvilgiu. Palyginimui, vienuolyne ji jautėsi laisvesnė nei dabar. Claudio duoda ranką Kristina, kad padėtų jai pakeliui į viršų, nes mato, kad jai sunku. Kristina protas lenktyniauja ir ji mano, kad būtų gerai turėti draugą, kuris palaikytų ir būtų jai ištikimas bei sąžiningas, tokį draugą kaip Claudio. Ji purto galvą ir bando nukrypti nuo minties. Tai buvo neįmanoma, nes jos tėvas neleisdavo tokios sąjungos. Jis buvo paprastas mokesčių rinkėjas, o ji buvo majoro dukra. Jie gyveno visiškai skirtinguose pasauliuose. Grupė vėl sustoja, kad vėl atsigaivintų. Šiluma yra stipri ir vėjo yra mažai. Jie ten buvo pusiaukelėje.

"Iš čia galima pamatyti nemažą "Mimoso" dalį. Ar matai, Kristina? Štai tavo namai. (Claudio)

"Vaizdas iš čia yra tikrai privilegijuotas. Manau, kad viršus yra dar labiau priblokštiantis. "Mimoso Sierra" iš šio požiūrio net neatrodo didelis. (Kristina)

"Manau, kad geriausia, jog mes ir toliau eitume. Nėra prasmės čia likti ilgą laiką. (Fabiana)

"Aš taip pat sutinku. Tokiu būdu galime ilgiau užtrukti viršūnėje, kuri yra svarbiausia kalno dalis. (Rafaelis)

Dauguma sutinka tęsti pasivaikščiojimą. Juk jau buvo praėję 13:00 Kristina jau jautėsi šiek tiek pavargusi. Kopimas į kalną yra labai varginantis tiems, kurie nėra įpratę to daryti. Ji prisimena nuolatinius iššūkius, su kuriais buvo pasiduota vienuolyne, tačiau nė vienas iš jų nebuvo panašus į kilimą į kalną, kuris, kaip visi sakė, buvo šventas. Ji kaupia jėgas savo sielos gelmėse ir labai stengiasi, kad niekas nepastebėtų jos sunkumų. Claudio jai šypsosi ir tai pripildo jėgų, nes jam ji pranoktų bet kokią kliūtį. Meilė, ši keista galia, susiejo abu net ir be jokio fizinio kontakto. Jam, jei ji turėtų galimybę, ji susidurtų su globėju ir įeitų į urvą, kad įgyvendintų savo svajonę prisijungti prie jo per visą laiką, kai jie turėjo būti kartu gyvenime. Net jei tai jai kainavo gyvybę. Juk kokią prasmę turi gyvenimas, jei nesame su tais, kuriuos iš tiesų mylime? Tuščias gyvenimas yra panašus į tai, kad jokio gyvenimo nėra. Grupė žengia toliau ir artėja prie viršaus. Claudio bando tai užmaskuoti, tačiau jį visiškai traukia Kristina grožis ir malonė. Nuo tos akimirkos, kai jie susitiko, kažkas pasikeitė pačioje jo būtyje. Jis negalėjo valgyti teisingai ar net nieko daryti negalvodamas apie ją. Jis galvoja apie tai, kaip buvo palankus jos šeimos persikėlimas iš Pesqueira į klestintį Mimoso kaimą. Jis galvoja apie tai, kaip likimas buvo dosnus, kad jiedu praktiškai susivienijo tame pačiame darbe. Piknikas būtų puiki proga galbūt pažadinti mergaitę. Jis turėjo vilčių būti priimtas, nepaisant jų skirtumų. Sunkumai, daugiausia jos išankstiniai tėvai, buvo kliūtys, kurias buvo galima įveikti. Galų gale grupė pasiekia viršūnę ir visi švenčia. Dabar belieka rasti gerą vietą iškylai. Grupės nariai susiskirsto į tris mažesnes grupes, kad rastų tinkamiausią vietą. Praeina kelios minutės ir viena iš grupių duoda signalą, švilpdama. Vieta buvo pasirinkta. Visa grupė vėl susirenka, ir iškyla. Kiekvienas grupės narys kažkuo prisidėjo prie pokylio.

"Ar tu tai jauti, Kristina? Paukščių giedojimas, lengvas vėjo šnabždesys, kaimo atmosfera, vabzdžių šurmulys, visa tai veda mus į vietas ir lėktuvus, kurie niekada anksčiau nebuvo aplankyti. Kiekvieną kartą, kai atvykstu čia, jaučiuosi kaip svarbi gamtos dalis ir ne taip, kaip man priklauso, kaip kai kurie mano. (Claudio)

"Tai labai gražu. Čia, gamtoje, jaučiuosi kaip paprastas žmogus, o ne majoro dukra ir neįsivaizduoji, kaip gerai tai jaučiasi. (Kristina)

"Mėgaukitės tuo, Kristina. Ne kiekvieną dieną galite tai padaryti. Išankstinis nusistatymas, baimė, gėda, visa tai trikdo mūsų kasdienybę. Čia mes galime tai pamiršti, bent jau akimirkai. (Fabiana)

"Šiame laukiniame žaliame žiotyse mes galime jausti, matyti ir iki galo suprasti visatą. Šis stebuklas įvyksta todėl, kad kalnas yra šventas ir turi magiškų savybių. (Talita)

"Aš taip pat noriu pareikšti savo nuomonę. Mes esame septyni jauni žmonės, kurie ko siekia? Atsakysiu sau. Ieškome nuotykių, naujų patirčių, draugystės ir net meilės. Tačiau tai įmanoma tik tuo atveju, jei esame taikoje su savimi, su kitais ir su visata. Būtent tokią trokštamą ramybę mes čia radome. (Rafaelis)

"Čia viskas yra mokymosi patirtis. Gamtos ritmas, jūsų visų kompanija ir šis grynas oras yra pamokos, kurias turėtume pasiimti su savimi savo vaikams ir anūkams. (Marcela)

"Visa tai man yra didelė Komunija. Dvasių bendrystė, vedanti mus peržengti daugelį mūsų gyvenimo etapų. (Patricija)

Galų gale, išsakykite savo nuomonę apie tai, ką jie jautė tą stebuklingą akimirką, kai jie pradeda tarnauti sau. Jauki aplinka privertė juos tylėti viso valgio metu. Po visų baigtų pietų Claudio paskelbė:

"Tiesą sakant, Kristina, mes neatėjome tik tam, kad surengtume paprastą pikniką. Ketiname įkurti stovyklą ir čia pernakvoti.

Kristina akimirkai pakeitė spalvą ir visi juokėsi. Ji buvo vienintelė grupėje, kuri nežinojo.

"Ar ne? O kaip su kalno pavojais? Mano tėtis mane nužudys, jei čia praleisiu naktį. Manau, kad eisiu.

"Patariu neiti. Globėjas turi tykoti, laukdamas geriausio šanso užpulti. (Fabiana)

"Nesijaudink, Kristina. Argi nesakiau, kad tave apsaugosiu? Kalbant apie tėvą, nesijaudinkite, jis žino, kad mes čia praleisime naktį. (Claudio)

Kristina nusiramina. Būtų geriau, jei ji liktų su grupe, nes nežinojo kalno ir jo paslapčių. Ten tikrai būtų baisu vieniems. Kas žino, kas gali nutikti? Geriau nerizikuoti. Popietė progresuoja ir visi bendradarbiauja statydami dvi palapines. Jie yra pasirengę per trumpą laiką. Claudio ir Rafaelis išeina ieškoti medienos, kad uždegtų ugnį, siekdami persekioti regione gyvenančius laukinius gyvūnus. Moterys stovykloje yra vienos, valydamos žemę aplink palapines.

"Smagu čia atvykti, Kristina. Vakare visa ši vieta yra dar gražesnė. Po vakarienės pamatysite: Tai visiškas sprogimas. Pasakyk man, ar tai nėra geriau nei likti namuose? (Fabiana)

"Aš taip pat mėgaujuosi, bet jūs turėjote man pranešti, kad čia vykstate į stovyklą. Buvau labai nustebęs. (Kristina)

" Ar pastebėjote, kaip Claudio žiūri į ją ir atvirkščiai? Manau, kad jiedu yra įsimylėję. (Talita)

"Tavo akys žaidžia ant tavęs triukus, Talita. Tarp Claudio ir manęs nieko nėra. (Kristina)

"Aš, viena vertus, būčiau labai laiminga, jei būčiau jūsų svainė. (Patricija)

"Aš esu su tavimi šiuo klausimu. (Fabiana)

"Ačiū, jūs, vaikinai. Bet, deja, tai neįmanoma. (Kristina)

Kristina akimirkai atrodė rimtai ir jie sustojo su užuomina. Claudio ir Rafaelis grįžta su visa mediena, reikalinga, kad laužas visą naktį būtų apšviestas. Claudio pažvelgia į Kristina ir ji, atrodo, susirašinėja. Popietė progresuoja ir tamsėja. Laužas apšviečia aplinką, kai naktis leidžiasi žemyn. Visi susirenka aplink jį, o vakarienę patiekia Fabiana ir Patricija. Visi šiek tiek valgo ir kalba. Claudio tolsta nuo grupės ir, gavęs tam tikrą atstumą, pasiūlo Kristinai jį lydėti. Ji pagauna signalą ir taip pat tolsta nuo grupės.

"Ką mes darysime, Kristina? Jūs ir aš kartu apmąstote šias žvaigždes. Atrodo, kad jie yra liudininkai to, ką mes abu jaučiame. Manau, kad tai jaučia ne tik jie, bet ir visa visata.

"Žinote, tai neįmanoma. Mano tėvai to neleisdavo. Jie labai šališki.

"Neįmanoma? Jūs man sakote, kad čia, šiame šventame kalne? Čia nieko nėra neįmanomo.

"Bet, bet. .

"Nesakykite kito žodžio. Tegul tavo širdis garsiai rėkia, kaip mano.

Claudio šiek tiek žengė į priekį ir apkabino Kristiną. Švelniai jis šiek tiek aplenkė ranką aplink jos veidą ir kantriai palietė Kristina lūpas savosiomis. Bučinys sujaudino Kristina ir akimirką ji pasijuto taip, lyg vaikščiotų ore. Daugybė minčių įsiskverbė į jos protą ir sutrikdė jos bučinį. Kai jis baigiasi, ji atsitraukia ir sako:

"Aš dar nepasiruošęs. Atleisk man, Claudio.

Kristina pabėga ir grįžta į grupę. Claudio eina su ja. Laužas liet ir visi susirenka aplink jį, nes šaltis intensyvus. Rafaelis stovi šalia ugnies, pasiruošęs pasakoti siaubo istorijas apie kalną.

"Kadaise buvo svajotojas iš mažo miestelio, vadinamo Triumfu, Pajeú apylinkėse. Jo vardas buvo Eulalio. Jo svajonė buvo tapti banditu ir surinkti savo gaują, kad ji įvykdytų nusikaltimus, kauptų turtus, turėtų socialinę galią ir puikavimasis, o kartu ir sužavėtų bei suviliotų daugelį moterų. Tačiau jis neturėjo tam reikalingos drąsos ir ryžto. Jis vos galėjo valdyti kardą. Savo žemėje jis buvo girdėjęs apie šventą Ororubá kalną ir jo stebuklingą urvą, galintį išpildyti bet kokį troškimą. Tai išgirdęs, jis du kartus nepagalvojo ir susipakavo, kad padarytų trokštamą kelionę. Jis atvyko ant kalno, susitiko su globėju, baigė iššūkius ir pagaliau įžengė į urvą. Tačiau jo širdis nebuvo visiškai tyra, ir jo troškimai nebuvo teisūs. Urvas jam neatleido ir sunaikino jo gyvenimą bei svajones. Nuo tada jo siela pradėjo klaidžioti iš skausmo ant kalno. Jie sako, kad medžiotojai jį vieną kartą matė lygiai vidurnaktį. Jis buvo apsirengęs kaip banditas ir nešėsi didelį ginklą, kuris šaudė vaiduoklių kulkomis.

"Turite omenyje, kad po mirties jis tapo drąsus? Tada urvas iš dalies įvykdė savo svajonę. (Talita)

"Ne visai, Talita. Urvas sunaikino svajotojo gyvenimą ir vietoj to paliko tik savo sielą su savo troškimo objektais. Be to, jis yra pasiklydusi siela, įstrigusi kančioje. (Fabiana)

"Tai tik istorija. Yra daugybė svajotojų, kurie bandė laimę urve ir iki šiol nė vienam iš jų nepavyko išgyventi. Dėl šios priežasties jis vadinamas nevilties urvu. (Rafaelis)

"Aš nieko neičiau į tą urvą. Mano svajonės išsipildys su planavimu, atkaklumu, atsidavimu ir tikėjimu. (Marcela)

"Eičiau mylėtis. Galų gale, jūs negalite gyventi nerizikuodami. (Kristina)

"Visada romantiška. Kristina yra įsimylėjusi, žmonės. (Patricija)

Visi juokiasi, išskyrus Claudio. Jis vis dar buvo pasipiktinęs ir įskaudintas, nes tam tikra prasme jį atmetė Kristina. Jis buvo atvėręs savo širdį ir savo jausmus; tačiau to nepakako įtikinti ją savo meile. Apie išankstinį nusistatymą ji kalbėjo iš savo tėvų, bet ji buvo prietaringa. Sielvartas, kurį jis jautė krūtinės apačioje, privertė jį keliauti laiku atgal, kad prisimintų epizodą, nutikusį prieš dvejus metus, kai jis gyveno Pesqueira ir susitikinėjo su gražia blondine, mero dukra. Jie susitikinėjo tris mėnesius, nes ji bijojo tėvų reakcijos. Vieną dieną tėvas sužinojo ir nebuvo patenkintas. Jis pasamdė du stokojančius, kad jie plaktų ir pliaukštelėtų. Tai buvo sumušimas, kurio jis niekada nepamirš. Taip jis jautėsi dabar: Slystelėjo, plakė ir ne jos tėvai, o ji ir jos pačios išankstiniai nusistatymai. Tačiau jis taip lengvai nepasiduos iš gyvenimo ir savo laimės. Jis parodytų Kristina savo vertę ir ji suprastų, kaip buvo kvaila prarasti brangų laiką.

Naktis krinta ir visi ruošiasi miegoti savo palapinėse. Ugnis laikoma uždegta, kad apsaugotų juos nuo užburtų kalno gyvūnų.

Tačiau kaukimus galima išgirsti iš tam tikro atstumo. Kristina maišosi iš vienos pusės į kitą, bandydama suvaldyti savo baimę. Tai buvo pirmas kartas, kai ji miegojo šventoje vietoje. Kietas pagrindas ją vargino dar labiau, nei ji manė, kad taip bus. Kaukimas tęsiasi ir tuo metu taip pat girdimas pėdų triukšmas. Kristina sulaiko kvėpavimą iš nevilties. Ar tai gali būti banditų vaiduoklis? O gal laukinis žvėris, pasirengęs ją praryti? Pėdų garsai sklinda jos kryptimi. Stiprus vėjas trenkiasi į palapinę, o durų atvarte pasirodo paslaptinga ranka. Ji pasiruošusi rėkti, bet pasirodęs vyras sako:

"Atsipalaiduokite, tai aš.

Kristina nusiramina ir atsigauna nuo gąsdinimo. Ji atpažįsta balsą. Tai buvo Claudio. Bet ką jis veikė savo palapinėje tokią valandą? Jos veidas, užgožtas nakties tamsos, atspindėjo šią abejonę. Claudio krypsta žemyn ir klausia:

"Aš atėjau paklausti tavęs, ar tu padarei savo norą.

"Nori? Koks noras?

"Kalnas šventas ir vidurnaktį jis suteiks troškimą įsimylėjusioms širdims. Aš padariau savo ir žinote ką? Paprašiau kalno, kad mus suburtų meilėje amžiams.

" Ar jūs tuo tikite? Nemanau, kad kuris nors kalnas pakeis mano tėvo planus.

"Aš tau jau sakiau, kalnas šventas. Patikėk manimi. Tai gali įgyvendinti mūsų svajonę.

Vis dėlto Claudio susikibo rankomis su Kristina ir abu užmerkė akis. Kaip tik tada abi širdys paniro į lygiagrečią plokštumą, kur buvo ir laimingos, ir laisvos. Kristina matė save ištekėjusią už jo ir kaip mažiausiai septynių vaikų motiną. Akimirkos pakako, kad jie jaustųsi kaip vienas, susijęs su visata. Srovė buvo sulūžusi;

Claudio atsisveikino, o Kristina bandė užmigti ant kietų, sausų grindų.

Nusileidimas nuo kalno

Auštant naujai dienai, Claudio pakyla ir pradeda pažadinti kitus. Kristina yra paskutinė, kuri pakilo. Claudio ir Rafaelis įlindo į mišką, kad sugautų žuvį netoliese esančiame tvenkinyje. Tai būtų jų pusryčiai. Tuo tarpu moterys bando uždegti ugnį likusia medienos dalimi. Fabiana nutraukia tylą.

" Gerai išsimiegok, Kristina?

"Nelabai gerai. Ši kieta, sausa žemė skaudėjo man nugarą. Vis dar skauda. (Kristina)

"Tai skautų gyvenimas jums. Pasiruoškite, nes vis dar turime daug nuotykių. (Talita)

" Ar jums apskritai patiko pasivaikščiojimas? (Patricija)

"Taip, man patiko. Kalnas kvėpuoja ramybės ir ramybės oru. Man patiko kontaktas su gamta ir jūsų kompanija. (Kristina)

"Mums taip pat patiko, nors tai ne pirmas kartas. Dabar jūs esate mūsų komandos dalis. (Patricija)

"Ar praėjusią naktį su Claudio susitvarkėte reikalus? (Talita)

"Nusprendėme nepradėti santykių, nes gyvename visiškai skirtinguose pasauliuose. (Kristina)

"Laikui bėgant, jūs tai išsiaiškinsite. Meilė yra stipresnė už skirtumus ir, kaip sakiau, mielai būčiau tavo svainė. (Fabiana)

"Aš irgi. (Patricija)

"Aš tau pavydžiu. Claudio yra toks mielas. Labai blogai, kad jis manimi nesidomi. (Talita)

Pokalbis tęsėsi gyvai tarp moterų, tačiau Kristina nenorėjo būti jo dalimi. Kalbėdamas apie savo meilę, Claudio, įskaudino jos sielą, nes jautėsi, kad tai bus neįmanoma meilė. Ji gerai pažinojo savo tėvus ir žinojo, kad jie bus visiškai prieš tokius santykius. Jos motina vis dar žadėjo viltis, kad ji grįš į vienuolyną, o tėvas norėjo, kad ji būtų ištekėjusi už jų socialinio lygio vyro. Abu variantai pašalino Claudio iš jos gyvenimo, bet tuo pačiu metu jos širdis ilgėjosi jo; ji norėjo tik jo. Tai buvo dvi jos "priešingos jėgos", kurias ji turėjo suderinti ar net pasirinkti. Šios "priešingos jėgos" įsiveržė į jos širdį ir vis tiek paliko jai abejonių. Praėjus maždaug trisdešimčiai minučių po to, kai jie išvyko, Claudio ir Rafaelis grįžta su tinkamu žuvų skaičiumi. Ugnis jau buvo uždegta, o žuvys dedamos ant grotelių. Žuvys yra visiškai kepamos ir paskirstomos tarp grupės narių. Claudio sako:

"Mes žvejojome ir staiga pasirodo sena ponia, prašanti žuvies savo maistui. Daviau juos jai ir dėkodama ji palaimino mane ir pasakė, kad būsiu labai laimingas. Aš nepažinojau tos ponios. Aš niekada nemačiau jos aplink šias dalis. Ji turėjo tokį žvilgsnį į akis, kuris mane suintrigavo, tarsi ji žinotų ateitį.

" Gal ji globėja? Argi legenda nesako, kad ji gyvena čia, ant kalno? (Fabiana)

"Gali būti. Štai ką aš pagalvojau, kai ją pamačiau. (Rafaelis)

"Tada tau labai pasisekė, mano broli. Yra nedaug žmonių, kurie gali pasiekti laimę. (Patricija)

"Ji buvo tikrai keista. Pajutau šaltį, kai jai atidaviau žuvį. (Claudio)

"Esu praktiškas. Aš net tikiu, kad kalnas yra šventas dėl patirčių, kurias čia gyvenau. Bet tada tikėti globėjais ir urvais,

kurie daro stebuklus, yra daug žemės, kurią reikia padengti. Netrukus pabandysite mane įtikinti, kad yra vaiduoklių. (Talita)
"Jei aš, jei būčiau tu, aš tuo neabejočiau. Claudio yra rimtas žmogus ir nėra melagis. (Marcela)
"Aš juo taip pat tikiu. Vienuolyne jie išmokė mane teisti žmones pagal jų akis, o Claudio buvo visiškai nuoširdus kalbėdamas apie globėją. Jam tikrai didelė garbė su ja susitikti. (Kristina)

Tyla viešpatavo tomis kitomis akimirkomis aplink stovyklą ir grupės nariai baigė valgyti savo žuvį. Claudio ir Rafaelis sugriovė palapines ir moterys susirinko daiktus, kuriuos buvo atsinešę. Grupė susitiko maldoje, dėkodama už akimirkas, praleistas kalnuose, ir pradėjo eiti atgal į kaimą, kuriame gyveno. Claudio švelniai pasiūlė savo ranką Kristina, ir ji sutiko. Nusileidimas nuo kalno buvo pavojingas pradedantiesiems. Fizinis kontaktas su Claudio privertė Kristina širdį dar labiau šokinėti. Šis vyras ją taip išprotėjo, kad ji beveik pamiršo socialines konvencijas, kai buvo su juo ant kalno. Tai buvo akimirkos, kurios turėjo galią nuvesti ją į lygiagrečius lėktuvus, kur niekas negalėjo jos pasiekti. Šiomis akimirkomis ji jautėsi tikrai laiminga. Tačiau pakeliui nuo kalno ji turėtų atsisakyti savo fantazijos svajonių ir susidurti su atšiauria realybe. Realybė, kurioje ji buvo korumpuoto, autoritarinio ir atkaklaus majoro dukra. Be to, ji gyveno akimirkomis, kai Claudio ją laikė ir bučiavo. Kristina jėga suspaudžia Claudio ranką, kad įsitikintų, jog jis tikrai yra ten, šalia jos. Ji jau buvo praradusi senelius ir negalėjo patirti dar vienos netekties. Grupė nusileidžia iš viršaus ir jau nuėjo pusę atstumo stačiais kalnų takais. Grupės lyderis Claudio sustoja ir prašo, kad visi padarytų tą patį. Visi geria vandenį ir toliau vaikšto. Kristina galvoja apie savo motiną ir gąsdinimą, kurį ji gaus, nes visą dieną praleido toli nuo namų. Ji elgėsi su ja kaip su vaiku, negalėdama pasirinkti savo kelio. Savo įtaka ji buvo įstojusi į vienuolyną ir trejus savo gyvenimo metus praleido kaip atsiskyrėlė. Ji buvo įleista tik į lydimus pasivaikščiojimus ir tik su Motinos Viršininko leidimu. Per tą laiką ji išmoko lotynų kalbą ir krikščioniškosios religijos pagrindus. Kultūra ir žinios buvo vieninteliai teigiami dalykai, išėję iš jos buvimo ten. Dažniausiai tai buvo iššvaistyta jos gyvenimo dalis, nes ji neturėjo noro būti vienuole. Ji pavargo būti gera mergina ir paklusni, nes tai tik atnešė jai nuostolių. "Priešingos jėgos", kurias ji nešė viduje, turėjo būti išspręstos. Grupė pagreitina savo tempą ir per trumpą laiką keliauja visą kelią namo. Jie atsisveikina vienas su kitu ir visi grįžta į savo namus.

Majoro piktnaudžiavimas

Kristina priėmimas vyko sklandžiai. Nė vienas iš jos tėvų nesiskundė, kad ji naktį praleido ant švento kalno. Juk ji nebuvo viena. Pasikalbėjusi su tėvais, ji išsimaudė, priėjo prie savo kambario ir užmigo, nes jautėsi išsekusi. Majoras ir jo žmona yra svetainėje, kalbasi. Galima išgirsti plojimų triukšmą ir Gerusa skubiai eina prie durų, kad jas atidarytų. Lenice, ūkininkė, laukia, kol bus įtraukta.

"Kaip aš galiu tau padėti?
"Noriu pasikalbėti su majoru. Tai labai svarbu.
"Užeik. Jis yra svetainėje.

Lenice įeina ir eina į kambarį.

"Pone majorai, norėjau su jumis pasikalbėti, pone. Tai apie mano naujagimį sūnų Chosė.

"O kaip jis? Tėvas nenori prisiimti atsakomybės. Ar jums reikia pagalbos, kad jį užaugintumėte?

"Ne, nieko panašaus. Linkiu, kad jūs, pone, būtumėte jo krikšto krikštatėvis.

"Ką? Krikštatėvis? Kokiai svarbiai šeimai priklausote?

"Aš esu Silva ir mes dirbame žemės ūkyje.

"Tai neįmanoma. Nebūčiau paprasto Silvos šeimos nario draugas, net jei būčiau paskutinis žmogus Žemėje. Prieš atvykdami čia su tokiais prašymais, turėtumėte pasitikrinti save.

"Pone majorai, jūs neturite širdies.

Vargšė moteris ašaromis pasišalina iš kambario ir išeina. Ji svajojo būti majoro drauge, kaip ir daugelis iš kaimo. Jos sūnus turėtų daug daugiau galimybių augti, jei jis būtų majoro krikštatėvis. Jis turėtų galimybę gauti išsilavinimą, sveikatos priežiūrą ir orų darbą, nes viskas tame kaime priklausė nuo majoro įtakos. Visi, be išimties, norėjo kažkokio ryšio su juo, kad turėtų šias privilegijas. Tie, kurie negalėjo būti nukreipti į vargo ir kančios pasaulį.

Išvaręs ūkininką, majoras ruošiasi vykti į policijos nuovadą. Jo žmona Helena ištiesina drabužius.

"Ar tu tai matei, moterie? Koks įžūlumas! Mano vertės majoras negali būti paprastos Silvos draugas.

"Šie žmonės čia miršta, kad būtų tavo draugai. Aukso kasėjai!

"Jei jie būtų bent jau prekeiviai, aš imčiausi. Ar kada nors matėte ką nors panašaus? Majoras, draugai su ūkininkais.

"Džiaugiuosi, kad pastatėte ją į savo vietą. Nemanau, kad daugiau ūkininkų išdrįs čia atvykti.

Majoras atsisveikina su žmona su bučiniu. Jis pradeda vaikščioti, atidaro duris ir išeina. Jis koncentruojasi į tai, ką ruošiasi daryti. Nuo tada, kai meras jį oficialiai prisaikdino kaip pagrindinę politinę valdžią regione, jis dar nebuvo priėmęs jokių aktyvių sprendimų. "Gražaus" majoro figūra jį jau erzino. Jis turėjo pasitempti, kad būtų gerbiamas kitų autoritetų. Majoras ir pulkininkas turėjo pagrindinius vaidmenis konsoliduojant nesąžiningą struktūrą, vadinamą tuo metu karaliavusia "pulkininkų grupe". Iš šitos neteisingos struktūros jie džiaugėsi galia ir pagieža. Majoras vis vaikšto ir netrukus jau artėja prie stoties. Jis yra visiškai įsitikinęs tuo, ką ketina daryti. Tragiškoje vaikystėje Maceió jis išmoko, kaip priimti sprendimus pačiu laiku, ir pripažino, kad dabar yra geriausias laikas. Jis pakelia tempą, kad išvengtų apgailestavimo ir kaltės. Jis atvyksta į policijos nuovadą, atidaro lauko duris ir praneša:

"Delegatai M. Pompeu, turime aptarti svarbų klausimą.

Majoras pateikia sąrašą savo rūmų delegatui.

"Kas tai?

"Tai yra visas visų nusikaltusių mokesčių mokėtojų sąrašas. Daugiau jokių vėlavimų netoleruosiu ir reikalauju, kad jūs, pone, kaip delegatas, tai išspręstumėte.

" Ar jūs jiems suteikėte pratęsimą mokėti?

"Taip, aš padariau viską, kas mano galioje. Mokesčių rinkėjas Claudio man pasakė, kad jie duoda nevykusius pasiteisinimus, kad nesumokėtų.

"Nematau, ką galiu padaryti. Įstatymas neleidžia man imtis jokių veiksmų.

"Turiu jums priminti, pone M. Pompeu, kad jūsų brangiam delegatų postui kils pavojus, jei nesiimsite jokių tolesnių veiksmų. Įstatymas, kurį pažįstu, tarnauja stipriausiai ir aš, būdamas majoras, sakau jums nedelsiant įkalinti visus šiuos niekšus ir neišleisti jų, kol jie nesumokės savo skolų.

Delegatas M. Pompeu papurtė galvą ir paskambino dviem savo pareigūnams, kad jie pradėtų suimti aukas. Majoras yra patenkintas, nes jo reikalavimai yra vykdomi. Tai būtų pirmasis iš daugelio savavališkų veiksmų, kuriuos jis priimtų kaip didžiausią politinės valdžios veikėją regione.

Masė

Tai buvo gražus sekmadienio rytas. Skambėjo koplyčios varpai, skelbiantys sekmadienio mišias. Liemenėje tėvas Chiavaretto ruošiasi dar vienai šventei. Chiavaretto buvo oficialus Mimoso kunigas. Kilęs iš Venecijos, Italijos, vidurinio šios klasės šeimos sūnus, jis buvo įšventintas 1890. Jo kunigiška veikla prasidėjo gimtajame krašte tais pačiais įšventinimo metais ir truko iki 1908 m. Šiais metais Venecijos vyskupo apsisprendimu jis buvo oficialiai perkeltas į Braziliją. Jo misija buvo skleisti Evangeliją ir evangelizuotas tuos, kurie vis dar atkakliai laikėsi pagonybės. Per dvejus sunkaus darbo metus jis buvo pasiekęs pažangą mažame kaimelyje. Tačiau vienas iš tikslų, kuriuos reikėjo pasiekti, buvo gauti daugiau skaičių masėje. Pradžioje, kai jis atvyko į kaimą, gyventojų buvimas masėje buvo didesnis. Laikui bėgant žmonės prarado entuziazmą vien dėl to, kad Chiavaretto vykdytos mišios buvo visiškai lotynų kalba. Tuo metu tai buvo oficialus Bažnyčios apsisprendimas.

Prieš pradėdamas šventę, kunigas akimirką susimąsto. Laikas Venecijoje atėjo į galvą ir jis prisiminė kiekvieno savo brolio ir sesers likimą. Vienas iš jų nusprendė būti kariuomenės kariu ir paliko sukurti integruotą taikos frontą kitoje šalyje. Jis visada buvo linkęs saugoti kitus vaikus. Viena sesuo išvyko tapti vienuole, kita ištekėjo ir susilaukė keturių vaikų. Jiedu savo gyvenime ėjo priešingais keliais, tačiau nei vienas nepamiršo kito, nei nustojo būti draugais. Abu gyveno Venecijoje, Italijoje. Kunigu jis tapo bet ne savo noru, o likimo ženklu. Jį pašaukė Jėzus. Įvykiai, dėl kurių jis nusprendė tapti kunigu, buvo tokie: Kai jis buvo vaikas, jis tyliai žaidė su vienu iš savo draugų ant tilto, kuris sėdi tiksliai per upę. Žaidimas, kurį jie žaidė, buvo pažymėtas. Susijaudinęs dėl žaidimo, jis lipo per tilto turėklą, kad pabėgtų nuo priešininko. Jo kojos drebėjo, jam svaigo galva ir žengęs klaidingą žingsnį jis nukrito tiksliai į upę. Srovė buvo stipri, nes upė buvo visiškai užtvindyta. Chiavaretto bandė plaukti, bet jis neturėjo patirties vandenyje. Pamažu jis skęsdavo, o jo draugas tiesiog žiūrėjo, nes ir jis nemokėjo plaukti. Tuo metu aplink nebuvo suaugusiųjų. Po truputį Chiavaretto prarado jėgą ir sąmonę. Pajutęs, kad jam arti galo, jis pašaukė šventąjį Jėzaus vardą. Greitai jis pajuto galingą ranką, laikančią jį, ir balsą, sakantį:

"Pedro, nebijok!

Tai buvo jo vardas: Pedro Chiavaretto. Galinga ranka pakėlė jį aukštyn ir iš vandens. Kai jis buvo išgelbėtas, prie upės kranto paslaptingas žmogus dingo. Nuo tos dienos Pedro Chiavaretto atsidavė tik religijai ir tapo kunigu. Ši patirtis buvo jo paslaptis, jis niekam nepasakojo.

Refleksijos momentas praeina ir kunigas eina prie altoriaus. Jis pažvelgia į susirinkusiuosius ir patikrina, kad tai yra ta pati tiksli žmonių sudėtis, kaip visada: turtingi ir galingi, sėdintys geriausiuose vietos ir mažiau pasisekę kituose. Toks susiskaldymas jį vargino, nes tai buvo visiškai priešinga tam, ką jis išmoko seminarijoje. Žmonės yra lygūs prieš Dievą ir turi tokią pat svarbą. Tai, kas išskiria žmones ir daro juos ypatingus, yra jų talentai, charizma ir kitos savybės. Nepaisant to, jis nieko negalėjo padaryti. Paskelbus Respubliką ir priėmus 1891 m. Konstituciją, įvyko oficialus bažnyčios ir valstybės atskyrimas. Brazilija nuo to momento tapo sudedamąja šalimi, neturinčia oficialios religijos. Bažnyčia prarado ir daug savo galios bei privilegijų. Dėl to pulkininkų grupė (valdanti šiaurės rytuose) buvo aukščiausia savo sprendimuose, sprendimuose, kuriems bažnyčia negalėjo pasipriešinti.

Šventę pradeda kunigas ir vieninteliai, kurie iš tikrųjų atkreipia dėmesį į jo žodžius, yra pamaldūs Kristina ir Helena, nes abu moka lotynų kalbą. Kiti eidavo į bažnyčią vien tam, kad pasižiūrėtų į kitų drabužius ir stilius bei apkalbas. Jie neturėjo supratimo apie tikrąją masės prasmę. Kunigas kalba apie atleidimą ir apie tai, kad turime būti dėmesingi ženklams, ateinantiems iš mūsų širdies. Jis sako, kad tai geriausias kompasas pasiklydusiems keliautojams. Mišios tęsiasi ir pasiekia bendrystės akimirką. Kai kunigas duoną ir vyną paverčia Jėzaus Kristaus kūnu ir krauju, Kristina, atrodo, mato Claudio prie to altoriaus, šalia Tėvo. Ji purto galvą, o regėjimas dingsta. Tai buvo antras kartas, kai jai nutiko kažkas panašaus. Pirmą kartą, kai tai įvyko, ji mezgė savo namų verandoje. Kas su ja vyko? Jos mintys net negerbtų mišių. Kristina ryžtasi nepriimti Komunijos, nes nebuvo pasiruošusi ir nesijautė visiškai tyra joje dalyvauti. Helena taip ir daro. Šventė tęsiasi ir Kristina stengiasi sutelkti dėmesį į kunigo pamokslą. Ji atkreipia dėmesį į kiekvieną jo ištartą žodį. Tą akimirką pagaliau ji sugeba šiek tiek pamiršti Claudio ir pamiršti nuostabų pikniką. Ji beveik atidavė jam save ant kalno. Teismo ir tėvo baimė ją sulaikė.

Kunigas atiduoda paskutinį palaiminimą, o Kristina jaučiasi ramesnė. Jai nebereikėtų jaudintis, kad sulaikys savo mintis.

Atspindžiai

Kristina kartu su tėvais apleido mažos Šventojo Sebastiano koplyčios priklausomybes. Majoras atsisveikina su jais ir eina rūpintis verslu Gyventojų asociacijos pastate. Dviese grįžo namo. Pakeliui Kristina pradeda apmąstyti vos prieš akimirką iš kunigo išgirstą pamokslą. Ar išėjusi iš vienuolyno ji gavo atleidimą iš motinos? Ar jai buvo atleista? Atsakymas į abu klausimus yra ne. Jos motina, nusivylusi išėjusi iš vienuolyno, niekada nebebuvo ta pati motina, kurią ji išmoko mylėti ir gerbti. Ji nebemylėjo ir nerodė jai jokių rūpestingų emocijų, kaip anksčiau. Jos motina nebebuvo jos draugė, tik kompanionė. Ne kartą ji kalbėjo apie vienuolyną ir komentavo, kaip būtų tokia laiminga, jei turėtų dukrą, kuri būtų vienuolė. Ji vis dar maitino savo viltis, kad Kristina ten sugrįš. Kalbant apie savo pačios likimą, Kristina vis dar turėjo abejonių. Ji buvo tikra dėl jausmų, kuriuos jis jautė Claudio, tačiau bijojo visiškai pasiduoti šiai aistrai ir galiausiai įskaudinti.

Kristina vienuolyne sužinojo, kad vyrai turi daug pusių ir jais negalima pasitikėti. Kalbant apie tai, kad sekė jos širdimi, ji atsisakė jos klausytis svarbiausiais savo gyvenimo momentais. Ji neklausė, kai liepė nedalyvauti su sodininko sūnumi vienuolyne. Kartą ištremtas jis ją apleido be paaiškinimo. Ji taip pat to neklausė, kai paprašė jos pasiduoti Claudio, ant kalno. Vietoj to ji mieliau pakluso socialinėms konvencijoms ir baimei. Abu kartus ji atsisakė klausytis savo širdies, jai buvo trukdoma. Kristina sudaro paktą su savimi ir sutinka jo klausytis kitą kartą pasitaikius progai. Tėvo Chiavaretto mišios pasirodė esančios naudingos.

Sucavão

Tai buvo ramus antradienio rytas. Dieną prieš tai upes ir upelius užpildė liūtys. Ši vieta šurmuliavo, nes Mimoso upėje linksminosi daugybė besimaudančiųjų iš viso regiono iš viso regiono. Tuo tarpu jaunų draugų grupė, vadovaujama Claudio, buvo pakeliui į Kristina rezidenciją. Jie paprašydavo jos leistis į dar vieną ypatingą kelionę. Jie atvyksta į rezidenciją ir susikibo rankomis, kad būtų išgirsti. Gerusa, namų tarnaitė, atsiliepia į duris.

"Ko tu nori?

"Esame čia, kad pasikalbėtume su Kristina. Ar ji yra namuose?

"Ji yra. Palaukite akimirką. Aš jai paskambinsiu.

Po kelių akimirkų Kristina pasirodo besišypsanti ir pasirengusi su jais pasikalbėti.

"Gerusa man pasakė, kad jūs, vaikinai, norite su manimi pasikalbėti. O kaip dėl?

Kalbėjo grupės lyderis Claudio.

"Esame čia tam, kad pakviestume jus leistis į įdomią kelionę su mumis. Su vakarykščiu lietumi regiono upės ir upeliai persipildė. Tuo mėgaujasi visas miestelis. "Frexeira Velha" ūkyje, netoli čia, yra labai ypatinga vieta, kurią norime jums parodyti. Ką jūs sakote?

"Jei žadate, kad nebus jokių netikėtumų, kaip tuo metu buvo piknike, aš eisiu. (Kristina)

"Nebus. Jūs būsite patenkinti vieta. (Fabiana)
"Pažadame parodyti jums labai ypatingą rytą. (Rafaelis)
Kiti grupės nariai taip pat skatina Kristiną priimti, ir ji galiausiai sutinka. Juk ji tuo metu nieko svarbaus nedarė. Šiek tiek išėjus, ji galėtų geriau apmąstyti kai kurias idėjas. Kristina sutikus, grupė pradėjo eiti link tikslo, kurį ji ignoravo. Claudio pasiūlė jai savo ranką ir ji priėmė, vadovaudamasi savo širdies instinktais. Ji to išmoko iš kunigo. Fizinis kontaktas privertė Kristiną nerti į paralelines visatas, toli pranokstančias paprasto žmogaus vaizduotę. Šiose vietose niekam nebuvo vietos, išskyrus ją ir mylimąjį. Ji buvo ištekėjusi su mažiausiai septyniais vaikais, visi iš Claudio. Jos prietaringiems ir moraliai nestabiliems tėvams trūko galios paveikti ją savo vaizduotėje. Jei Ororubá kalnas būtų tikrai šventas, jis tęstų jų prašymą ir paverstų šiuos planus realybe. Nors tai buvo beveik neįmanoma dėl dviejų priežasčių. Pirma, todėl, kad ji buvo motinos dukra, kuri vis dar puoselėjo viltis, kad ji taps vienuole. Antra, ji turėjo tėvą, kuris jai numatė ateitį (jo nuomone, laimingą), ištekėdamas už jos su kuo nors iš savo socialinio lygio. Be to, abu buvo labai prietaringi.

Grupė šiek tiek sustoja, kad visi galėtų hidratuoti. Claudio nė akimirkai nepaleido Kristinos rankos. Mintyse Kristina būtų tik jo, matydama, kaip jie buvo susipynę. Nuo to momento, kai jis ją sutiko, jo gyvenimas pasikeitė. Jis pradėjo mažiau dėmesio skirti gėrimui ir rūkymui. Jis praktiškai nustojo tai daryti. Jo draugai taip pat pastebėjo pokyčius. Jis buvo tapęs charizmatiškesniu ir linksmesniu žmogumi. Jis nebesiskundė nei darbu, nei sąskaitomis. Jį nušvietė Dievo meilė. Dėl Kristinos jis buvo pasiryžęs padaryti bet ką: susidurti su išsigandusiu majoru ir jo žmona;

susidurti su viešąja nuomone; jei reikia, susidurti su Dievu ir pasauliu. Jis pažino tikrąją meilę; skirtingai nuo kitų laikų, kai jis susitikinėjo.

Grupė pagreitina savo tempą ir maždaug per dešimt minučių pasiekia Frexeira Velha ūkį. Jie pasisuka į dešinę ir nueina dar keletą pėdų, nes nuoroda nuvedė juos prie geležinkelio slenksčio. Jie pagaliau atvyksta į savo kelionės tikslą ir Kristina nustemba. Jis susiduria su natūraliu baseinu, išraižytu akmenyje ir iš kurio atsiveria vaizdas į nedidelį upelį.

" Taigi, tai yra tai, ką jūs norėjote man parodyti. Tai sensacinga!

"Žinojome, kad jums tai patiks. Tai puiki vieta šiek tiek atsipalaiduoti. Jis vadinamas Sucavão. (Claudio)

Jie visi bėga į šį mažą gamtos stebuklą. Claudio šiek tiek nutolsta nuo Kristinos ir pradeda beprotiškai šokinėti vandenyje. Jis kelias sekundes lieka paniręs. Kristina susirūpina ir pradeda jo ieškoti visame baseine. Kai ji mažiausiai to tikisi, dvi stiprios rankos laiko jos šlaunis, o Claudio vėl iškyla, apkabindamas ją.

" Ar tu manęs ieškojai?

Kristina nieko nesako ir remiasi savo mažomis rankytėmis ant Claudio pečių. Jis jaučia akimirką ir priartėja prie jos. Jo atkaklios lūpos ieško jos. Jiedu susiranda vienas kitą ir sukelia aplodismentų audrą. Kristina ir Claudio atsigręžia į kitus ir juokiasi. Jų santykiai buvo patvirtinti. Visi ir toliau mėgaujasi baseinu. Claudio ir Kristina nejuda vienas nuo kito pusės. Visą rytą grupė praleidžia Sucavão mieste, o vėliau visi grįžta į savo namus.

Rinka

Ateina labai saulėtas trečiadienio rytas, o Kristina ką tik pabudo. Ji atsistoja iš lovos ir išsimaudo. Ji įeina į vonios kambarį, įjungia maišytuvą ir šaltas vanduo užlieja visą jos kūną. Tuo metu jos protas keliauja ir nusileidžia būtent praėjusios dienos įvykiams. Ji galvoja apie Claudio glėbį ir bučinį. Pradinis fizinis kontaktas privertė ją dar labiau įsitikinti tuo, ką ji jaučia jam. Tai buvo kažkas tikrai ištvermingo. Ji išjungia vandenį, muilais ir baimė pradeda sulaikyti jos intymias mintis. Kas iš jų taps, kai jos tėvai sužinos? Ar norėtųsi būti stipresnis už išankstinį nusistatymą ir socialines konvencijas? Ar kalnas tikrai atsakė į jos prašymą? Atsakymo į šiuos klausimus ji nepešė. Vienintelis dalykas, kurį jie galėjo padaryti, buvo ir mėgautis akimirka, ir tikėtis, kad ji tęsis amžinai.

Ji vėl įjungia vandenį ir ankstesnė baimė išnyksta. Ji buvo pasirengusi kovoti už šią meilę, net jei tai jai brangiai kainavo. Vanduo iš maišytuvo verčia ją prisiminti Sucavão ir kaip ta vieta buvo stebuklinga. Ji mano, kad kiekvienas turėtų būti panašus į tekančią upę, kuri visiškai atsiduoda savo likimui. Taip ji elgtųsi savo meilės Claudio atžvilgiu. Šaltas vanduo pradeda ją varginti, ir ji nusprendžia jį išjungti. Ji paima du rankšluosčius ir pradeda išdžiūti. Visiškai išdžiovinusi, ji apsirengia ir eina į virtuvę pusryčiauti. Atvykusi ji randa Gerusa, tarnaujantį savo tėvams.

"Jau dabar? Tu atrodai puikiai. Kas nutiko?

"Nieko, Motina. Aš tiesiog turėjau gerą naktį.

"Mano dukra yra gera mergaitė, moteris. Ji nieko nedarytų prieš mūsų principus. (Pagrindinis)

Ledinis šaltis apgaubė Kristinos kūną ir tuo metu atrodė, kad jos tėvai atspėjo jos mintis. Ji nusprendžia tylėti, kad nesukeltų įtarimų.

"Ką sakote, kad šiandien einame į mugę? Man reikia vaisių, daržovių ir pupelių. (Helena eurų.

"Mielai eisiu su tavimi, mama. (Kristina)

"Na, negaliu. Aš rūpinsiuosi verslu. (Pagrindinis)

Jiedu baigia pusryčius ir eina į turgų. Mimoso turgus tapo dideliu renginiu, kuris pritraukė lankytojus iš viso regiono. Tą dieną jis buvo intensyviai užimtas, o prekyba klestėjo. Kristina ir Helena priartėjo prie Olivijos vaisių stovo ir tą akimirką atrodė, kad dangus kertasi keisdamosi žvilgsniais tarp Kristina ir Claudio.

"Tu čia aplinkui? Aš to nesitikėjau. (Kristina)

"Mama paliko mane atsakingą už savo palapinę. Ko vaikas nedarytų dėl mamos? Kaip sekasi, pasiilgsti?

"Labai gerai.

"Nežinojau, kad jūs abu esate tokie geri draugai.

Kristina šiek tiek užmaskuoja savo jausmus Claudio ir atsako:

"Jis priklauso draugų grupei, su kuria aš einu, be to, jis yra mano bendradarbis, ar pamiršote?

"O, taip. Mokesčių rinkėjas.

Claudio mirkteli Kristina kaip bendrininkavimo ženklą. Jiedu turėjo jį suklastoti iki tinkamo laiko. Claudio klausia:

" Ką tu turėsi?

"Noriu dviejų dešimčių bananų, trijų papajų ir šešių mangų. (Helena)

Kristina atkreipia dėmesį į kiekvieną vyrišką savo meilės detalę ir yra sužavėta. Ji neabejojo: Jis buvo tas žmogus, kurio ji norėjo, kad ir kiek kliūčių jai tektų įveikti. Vienuolyne ji sužinojo, kad nugalėtojas yra tas, kuris turi drąsos išdrįsti. Claudio duoda jiems vaisių, o Kristina ir Helena eina į kitą stotį. Turgus bus atidarytas iki 14:00 val.

Karvės atvejis

Majoras Quintino, kaip vienas iš regiono pionierių, tapo turtingu plantacijos savininku ir todėl vienu didžiausių galvijų ūkininkai regione. Vieną dieną jo darbuotojai kirto galvijus per geležinkelį, kad galėtų patekti į kitą žemės dalį. Atsitiktinai, tą pačią akimirką horizonte pasirodė didelio greičio traukinys. Darbuotojai puolė pervažą ir traukinio dirigentas bandė sustoti, bet nesėkmingai. Viena iš karvių nukentėjo nuo traukinio ir mirė nuo smūgio. Vairuotojas tęsė kelionę ir darbuotojai buvo pasibaisėję. Jie susibūrė ir nusprendė viską papasakoti didžiajam.

Kai majoras išgirdo istoriją, jis įsakė savo darbuotojams uždėti milžinišką uolą ant geležinkelio bėgių. Tuo pačiu metu majoras liko tupėjęs laukdamas traukinio. Jis pasirodė horizonte pačiu laiku ir, kai inžinierius pastebėjo uolą, jis trumpam sustojo, kad pabandytų išvengti avarijos. Laimei, jam pavyko, ir niekas nebuvo sužeistas. Mašinistas susigūžė, išlipo iš traukinio ir paklausė:

"Kas tą akmenį pastatė vidury geležinkelio?

Tą akimirką prie jo prieina majoras ir teiraujasi:

"Koks tavo vardas, pone?

"Mano vardas Roberto. Pasakyk man, kas įdėjo šį akmenį į mano kelią?

"Tai buvo mano vyrai, kurie jį čia pastatė. Matau, kad šiandien pavyko sustabdyti traukinį. Tačiau kaip tik vakar, pone, jums nepasisekė ir pataikėte į vieną iš mano karvių.

"Tai nebuvo mano kaltė. Traukinys atvažiavo visu greičiu ir kai supratau, kad karvė vis dar yra, buvo per vėlu.

"Jūsų atsiprašymai man nėra naudingi. Nesijaudinkite, aš tavęs nepasmerksiu valdžios institucijoms ir nereikalausiu sumokėti už karvę. Tačiau nuo rytojaus kiekvieną kartą, kai praeisite per šį kaimą, būsite įpareigoti sustoti priešais mano namus ir paklausti, ar kas nors iš mano šeimos narių keliaus. Jei taip, lauksite tiek, kiek reikės, kol mes pasiruošime. Jei ne, galite sekti kartu savo kelionėje. Ar mums aišku?

"Na, manau, kad neturiu kito pasirinkimo. Bauda.

Majoras įsako savo darbuotojams atsiimti akmenį, kad traukinys galėtų tęsti kelionę.

Spauda

Majoras Quintino visame regione garsėjo savo kankinimo metodais. Labiausiai žinomas iš jų, be jokios abejonės, buvo baisi spauda. Tai buvo geležinis instrumentas su penkiais žiedais, vienas uždėtas ant kaklo, du kiekvienai rankai ir du kiekvienai kojai. Majoro priešai buvo plakami spaudoje, dažnai iki mirties.

Kartą majoras pavogė tris arklius, o vagį matė vienas iš jo darbuotojų. Vagis kuriam laikui dingo, o didžiajam nepavyko jo surasti. Bylai pasibaigus, vagis nusprendė grįžti ir buvo pastebėtas vaikštinėjantis po Mimoso. Majoras iš karto žinojo, kad tai jis, ir pasiuntė savo darbuotojus jį sulaikyti. Vagis buvo sugautas ir patalpintas į spaudą. Kankinamas ir pažemintas vagis prisipažino padaręs nusikaltimą ir sakė, kad pardavė arklius, kad šiek tiek pasikeistų. Supykęs majoras jam neatleido ir liepė savo darbuotojams visą naktį jį kumščiuoti. Vagis pasidavė savo sužalojimams ir mirė. Majoro darbuotojai paėmė kūną ir jį palaidojo. Jis buvo viena iš šitos archajiškos visuomenės sistemos aukų; Sistema, kuri žudo dar prieš teismą.

Pranešimas

Jau buvo praėję pora savaičių, kai Claudio ir Kristina susitikinėjo slaptai. Jiedu matydavo vienas kitą kas penkiolika dienų darbe ar kitose situacijose su savo draugų grupe. Šiais susitikimais gerai naudojosi tie du, kurie apsikeitė glamonėmis ir bučiniais, kai niekas nežiūrėjo. Tačiau ši situacija Claudio nebuvo patogi. Jis vis dar jautėsi nesaugus dėl Kristina sprendimo niekam nepasakoti apie jų santykius. Jis norėjo išsiveržti ir papasakoti visam pasauliui, kaip laimingas ir išpildytas jaučiasi. Šiuo tikslu jis paskambino Guilherme (gatvės vaikui) ir įteikė jam raštelį, adresuotą Kristina. Berniukas greitai pakluso.

Guilherme atvyksta į Kristina namus, susikibo rankomis ir šaukia, kad būtų išgirstas. Gerusa ateina prie durų.

"Ko tu nori, berniuk?

"Ši pastaba skirta misis Kristina. Ar galite jai paskambinti, prašau?

"Tu gali man jį atiduoti. Esu patikimas.

"Ne. Ši pastaba turi būti pristatyta ranka.

Nenoromis Gerusa eina skambinti Kristinai. Jos galvoje kūrėsi didelis smalsumas. Ji dešimt metų buvo šios šeimos tarnaitė ir, jos nuomone, niekas, kas įvyko tuose namuose, neliko nepastebėta jos akių. Kadangi Kristina buvo vaikas, ji rūpinosi ja ir jos interesais labiau nei savo motina. Ji nesiruošė būti palikta nuošalyje.

Kristina yra savo kambaryje ir, gavusi naujieną, ji nedelsdama eina susitikti su berniuku. Ji atkreipia dėmesį ir Gerusa ją lydi. Tuoj pat Kristina užsirakina savo kambaryje, palikdama sielvartaujančią Gerusa. Ji jautėsi neįvertinta Kristina požiūrio. Bendrystės ir bendrininkavimo metai tą akimirką nuėjo į dulkes. Galų gale, kas gali būti taip svarbu, kad Kristina norėtų tai paslėpti?

Susitikimas

Širdimi lenktyniaujant, Kristina pradeda skaityti Claudio parašytą raštelį. Jame jis pakviečia ją į susitikimą, kuris vyks jo namuose. Kristina abejoja ir mano, kad ten nuvykti gali būti rizikinga. Juk pikti kaimo liežuviai gali sukelti įtarimų dėl jųdviejų ir kad žinia gali atsidurti tiesiogiai pas tėvus. Ji norėjo išsaugoti santykius. Kita vertus, ji nenorėjo įskaudinti Claudio ir išprovokuoti tarp jų susvetimėjimo. Jausmai, kuriuos ji turėjo savo meilei, buvo svarbesni. Ji šiek tiek pagalvoja ir nusprendžia eiti. Be abejo, buvo verta rizikuoti dėl savo vienos tikros meilės. Pasekmės, jei tokių būtų, jos susidurtų kartu.

Kristina susiruošia ir išeina nepaaiškinę Gerusa ar kam nors kitam. Jos protas nuklysta į vietas, nežinomas jokiam kitam asmeniui, kuris nežinojo apie jų istoriją. Ji galvoja apie vienuolyną, sodininko sūnų ir apie savo meilę Claudio. Vienuolynas pasirodo kaip senas įvaizdis, kurį ji nori pamiršti. Ten ji išmoko lotynų kalbą, religijos pagrindus, pagarbą žmonėms ir tikrąją žodžio meilė reikšmę. Dar vienuolyne ji prisimena sodininko sūnų ir to sprendimo svarbą brendimui bei tai, kaip jis pakeitė jos gyvenimą. Ji atsisakė būti vienuole ir prisiėmė visas to pasekmes, tokias kaip motinos nusivylimas ir panieka. Ji galvoja apie Claudio ir su ta mintimi vilties spindulys užpildo visą jos esybę. Ji tikisi, kad jie liks kartu, paremti amžina meile, net jei jiems tektų pereiti neįveikiamus barjerus. Piknikas ant kalno jai ateina į galvą ir kaip jie buvo laimingi, nors ir ne kartu. Ji prisimena apkabinimą, bučinį ir palinkėjimą, kurį padarė ant švento kalno. Tam tikra prasme į jos prašymą jau buvo pradėjęs atsakinėti, nes ji ir Claudio susitikinėjo. Eidama į bažnyčią ir sužinodama, ką ji turėjo, jei ji padėtų užmegzti santykius Sucavão mieste. Ta stebuklinga vieta turėjo galią sužavėti ir suburti dvi širdis. Ji išmoko būti panaši į tekančią upę, visiškai prisistatydama savo likimui Claudio. Būtent jam ji nusprendė eiti į susitikimą.

Kristina pagreitina savo žingsnius, varoma smalsumo. Ji jau yra vos už kelių pėdų nuo vietos. Ji apsižvalgo ir įsitikina, kad niekas jos neseka ir nežiūri. Savisaugos instinktas buvo stipresnis už viską. Galų gale, visos atsargumo priemonės, kurių buvo imtasi, buvo būtinos santykiuose, kurie dar nebuvo patvirtinti. Ji eina šiek tiek toliau ir pagaliau atvyksta į Claudio namus. Ji pasibeldžia į duris ir laukia, kol į jas bus atsakyta. Durys atsidaro ir Claudio traukia ją į vidų. Kristina nuostabai, visa Claudio šeima vėl susijungia.

"Štai mano draugė Kristina, kaip ir žadėjau. Susitikinėjame jau dvi savaites. Tai mano mama Olivija (jis sakė rodydamas į moterį, turinčią stiprių bruožų, kuriai, regis, buvo apie penkiasdešimt metų). Kiti, kuriuos jau žinote: mano seserys Fabiana ir Patricija bei mano tėvas Paulo Pereira.

Kristina yra atsikvėpusi su šiuo pristatymu. Ką darė Claudio? Argi jiedu nebuvo sutarę pasimatyti slaptai? Nejaukiai Kristina pasisveikina su visais. Claudio priverčia ją sėdėti prie stalo, kur visi yra.

"Sveiki atvykę į šeimą, Kristina. Mes su vyru pritariame šiems santykiams. Esate rimta ir gerai pasiekusi mergina. (Olivija)

"Ačiū. Aš to nesitikėjau. Claudio mane nustebino. (Kristina)

"Nebegalėjau priimti šios situacijos. Mano tėvai turėjo teisę susitikti su mylima mano širdies mergina. (Claudio)

Nepaisant to, Claudio įsipainiojo Kristina į rankas ir pabučiavo ją.

"Jau pasakiau Kristinai, kaip džiaugiuosi būdama jos svainė. Be to, noriu pasakyti, kad žaviuosi jūsų ryžtu ir kruopštumu. (Fabiana)

"Aš irgi. Linkiu laimės jums abiem. (Patricija)

Paulo Pereira pradeda patiekti kokteilius, o Kristina yra šiek tiek atsitraukusi, nors ir laiminga. Pokalbis pradeda keliauti į įvairias temas ir iš jų, o Kristina yra dėmesio centre. Visi komplimentu ja jos laikyseną ir stilių. Laikas bėga ir Kristina to net nesuvokia. Po to, kai jie šiek tiek susipažino su ja, Kristina atsisveikina ir Claudio lydi ją prie durų. Jie apkabina ir bučiuoja vienas kitą prieš atsisveikindami. Claudio požiūris parodė Kristina, kad jo ketinimai buvo rimti ir realūs.

Išpažintis

Buvo gražus ketvirtadienio rytas ir Kristina ruošiasi eiti pas tėvą Chiavaretto. Ji yra penkių žmonių eilėje. Nerimas, nervingumas ir abejonė užpildo visą jos būtį. Pasiruošimas, kurį ji padarė prieš prisipažinimą, neįsigaliojo. Viskas, ką ji laiko nuodėmėmis, ateina į galvą: Praleidimai, klaidos ir atsargumo stoka. Tačiau ji vis tiek nebuvo tikra, ar net pasakys visą tiesą. Kita vertus, jei ji to nedarytų, ji ir toliau liktų nuodėmėje. Vienuolyno, kuriame ji išbuvo trejus metus, vienuolės ta prasme buvo gana griežtos. Eilė ištuštėja ir Kristina yra šalia. Ji įeina į išpažintį ir atsiklaupia.

"Sveika, Marija, kupina malonės.

"Sumanė be nuodėmės.

"Išpažink savo nuodėmes, mano dukra.

" Na, Tėve, aš turiu didelę paslaptį, kuri mane slegia. Praėjo nemažai laiko, kai susitikinėjau su mokesčių rinkėju Claudio. Ši paslaptis žudo mane, tėve. Kartais naktį net negaliu užmigti. Tačiau jei pasakysiu, esu tikras, kad mano tėvai bus prieš šiuos santykius, nes jie yra labai šališki. Ką man daryti, Tėve? Nenoriu išsiskirti su Claudio, nes jį myliu.

"Mano dukra, tu privalai pasakyti visą tiesą. Tik tai gali išlaisvinti jūsų sąmonę nuo gailesčio. Pasikalbėkite su tėvais ir parodykite jiems savo požiūrį. Kai meilė yra tikra, ji įveikia visas kliūtis. Manau, kad duosiu jums atgailą, kad geriau atspindėtumėte. Melskitės dešimt Mūsų Tėvų ir penkių Sveiki, Marija.

Kristina padėkoja tėvui ir eina įvykdyti savo atgailos. Ji pamąstydavo apie jo duotus patarimus.

Gandai

Kristina, einanti į Claudio namus, nepraėjo visiškai nepastebėta ir taip pat nebuvo taip, kaip jis elgėsi su ja viešumoje. Claudio kaimynė Beatričė įtarė, kad šis vizitas nebuvo tik draugiškas. Po šio fakto ji nusprendė ištirti abu, kad išsiaiškintų, ar ji teisi dėl savo įtarimų. Galų gale ji išsiaiškino visą tiesą. Kurį laiką ji tylėjo iš baimės dėl majoro ir jo žmonos reakcijos. Vėliau ji nemanė, kad visa ši situacija yra labai teisinga. Jausdama teisingumą, ji nusprendė eiti į majoro namus. Ji atvyksta, susikibo rankomis ir ją pasitinka Gerusa.

"Ko tu nori?

"Noriu pasikalbėti su majoru ir jo žmona.

"Jie yra svetainėje. Užeik.

Greitai Beatrizas ateina ir atsistoja prieš abu.

"Laba diena, majore Quintino ir priekabiavimas Helena. Turiu apie ką rimtai su jumis pasikalbėti. Ar jūsų dukra yra namuose?

"Ji nuėjo išpažinties. (Helena)

"Dar geriau. Noriu pasikalbėti su jumis apie ją. Ji slapta susitikinėja su mokesčių rinkėju Claudio. Ten. Aš tai pasakiau. (Beatrizas)

"Ką? Ar tu išprotėjai, moterie? Mano dukra yra gera mergaitė. Ji su tokiu vaikinu nebendrautų. (Pagrindinis)

"Negaliu patikėti ir aš. Vis dar noriu, kad ji būtų vienuolė. (Helena eurų.

"Užtikrinu jus, kad tai, ką pasakiau, yra tiesa. Mačiau, kaip jiedu apsikabinę ir bučiavosi savo akimis, prisiekiu taip pat užtikrintai, kaip čia stoviu. (Beatrizas)

"Tada ji mus išdavė. Ji klysta, jei mano, kad liks su juo. Aš nemaišyčiau savo vardo ar kraujo su paprasta Pereira. (Pagrindinis)

"Negaliu patikėti ir aš. Neleisiu jai ištekėti. (Helena eurų.

"Na, manau, kad įvykdžiau savo Gerojo samariečio poelgį. Negaliu pakęsti neteisybės. (Beatrizas)

"Ačiū, kad pranešėte mums. Aš jums tai padarysiu.

Majoras atsistoja ir perduoda Beatričei grynųjų pinigų vatą. Ji laimingai ir tyliai išeina iš vasarnamio galvodama, kad įvykdė savo misiją.

Kelionė į Recife

Žinia, kad Kristina susitikinėja su paprastu mokesčių rinkėju, nepaliko didelio džiaugsmo. Sužeistas savo išdidumu jis planavo šios įnirtingos situacijos pabaigą. Jis nusiuntė raštelį merui ir Rio Branco pulkininkui, kviesdamas juos į kelionę į Recife. Visi trys kalbėdavosi su gubernatoriumi apie verslą, politiką ir asmeninius reikalus. Kai visi įsitaisė, majoras susikrovė lagaminus, nes kitą dieną išėjo į Recife.

Diena prasidėjo saulei karštesne nei bet kada anksčiau. Majoras atsiranda nedelsiant ir eina maudytis. Jis įeina į vonios kambarį, įjungia maišytuvą ir šaltas vanduo užlieja visą jo kūną. Šaltas vanduo nuramina jo sąžinę, tačiau jo kraujas vis dar verda. Jis prisimena Kristiną, kai ji buvo vaikas. Ji buvo tokia pat miela ir švelni kaip gėlė. Kartą ji žaidė su lėlėmis ir pakvietė jį taip pat žaisti. Jis nepatogiai priėmė. Kristina atliko motinos ir tėvo lėlės vaidmenį. Jie praleido ilgą laiką imituodami pokalbius ir situacijas šeimoje. Buvo akimirka, kai ji pasakė: -Mano lėlei pasisekė, kad turi tokį tėvą kaip tu. Tai jį šiek tiek sujaudino ir jis turėjo pasitraukti iš žaidimo, kad ji nematytų jo verkiančio. Kas nutiko tai mažai jautriai mergaitei? Kaip jai pavyko jį taip išduoti? Kai ji gimė, jis neneigė turįs tam tikrą nepalankų jausmą, kad ji gimė moterimi. Jam tinkamiausia buvo turėti sūnų, žmogų, kuris jį pakeistų tironijoje, politinėje valdžioje ir socialinėje puikavimasis. Tačiau laikui bėgant ji parodė savo vertę ir laimėjo visus šeimos narius.

Jo planai pasikeitė į tai, kad geras žentas pasirūpintų savo dukra ir jį pakeistų. Atrodė, kad šie planai leidžiasi žemyn nuo naujausių naujienų, kurias jis buvo gavęs. Greitai majoras išjungia vandenį ir išeina iš vonios kambario. Jis skubėjo įgyvendinti savo planą.

Jis eina į virtuvę ir pusryčiauja. Jis pasisveikina su žmona, bet apsimeta, kad nemato dukters. Kristina imasi iniciatyvos ir kalbasi su juo, tačiau jis į ją reaguoja karčiai ir sausai. Ji mano, kad tėvo požiūris keistas, bet tyli. Majoras pusryčiauja, praneša jiems, kad kelias dienas jo nebebus, atsistoja ir išeina. Jau išėjęs iš namų, jis pradeda formuoti veiksmų planą: Pirmiausia jis eis į policijos nuovadą, o antras įlips į traukinį, vykstantį į Recife. Jo planai virsta valstybe, kurioje yra didysis, neramus, neramus ir nusivylęs. Jam buvo neramu atsidurti šioje dabartinėje situacijoje: paprasto valstybės tarnautojo uošviui. Jis jautė nuogąstavimus, nes tiksliai nežinojo, kokių rezultatų pasieks šioje kelionėje. Jis buvo nusivylęs, kad jį išdavė vienintelė mylima dukra. Kas dar gali nutikti? Na, jis nežinojo. Po kelių minučių jis jau gali pamatyti policijos nuovadą ir jo neapykanta dar labiau auga. Kas tas menkas mokesčių rinkėjas manė esąs? Net savo drąsiausiose svajonėse jis negalėjo prisijungti prie Matias šeimos. Tai buvo tradicinė šeima, kuri buvo užkariavusi beveik visą žemę į vakarus nuo Pesqueira. Kas buvo Pereira? Tiesiog paprasta prekybininkų šeima, kuri neatitiko jo dukters lygio. Jis neleisdavo jiems abiem pabūti kartu tol, kol jis gyvens.

Galiausiai majoras patenka į stotį ir eina į delegato Pompeu biurą. Jis linkteli galva ir pradeda kalbėti.

"Pone Pompeu, aš turiu jums darbą. Noriu, kad suimtumėte už mane vyrą.

"Kodėl? Kas tas žmogus?

"Tai žmogus, kuris negerbė mano dukros. Jo vardas yra Claudio, mokesčių rinkėjas.

"Claudio? Jis atrodė kaip toks geras vaikinas.

"Aš taip pat taip maniau. Tačiau jis mane nuvylė savo požiūriu. Nuo šiandien jis yra mano priešas ir turi kentėti dėl savo išdavystės. Noriu, kad tuoj pat jį suimtumėte ir neišleistumėte, kol aš to nepasakysiu.

"Gerai, aš tai padarysiu. Mano vyrai šiandien jį suims.

"Štai ką norėjau išgirsti. Jūs esate geras draugas, Pompeu. Kas žino, kai aš esu meras, tu gali būti mano sekretorė?

" Jūsų paslaugoms, pone.

Jiedu išvyksta, o pagrindiniai eina geležinkelio stoties kryptimi. Traukinys, važiuojantis į Recife, išvažiuotų per kelias minutes. Majoro žingsniai tampa vis reguliaresni, ir jis jaučiasi geriau. Pirmasis jo plano žingsnis buvo įvykdytas. Jo priešas per trumpą laiką būtų bejėgis už grotų. Kristinai tektų priprasti gyventi be jo. Majoras savo galvoje pradeda projektuoti antrąjį savo plano žingsnį, žingsnį, apie kurį žinojo tik jis ir Dievas. Jis atvyksta į stotį, nusiperka bilietą, pasisveikina su darbuotojais ir lentomis.

Įlipęs į traukinį, jis susiduria su Rio Branco pulkininku (p. Henrique Cergueira). Jis sėdi šalia jo ir džiaugiasi, kad pulkininkas patenkino jo prašymą. Jie pradeda kalbėtis ir prisiminti savo novatoriškas dienas. Jie prisimena vietinių gyventojų pasipriešinimą ir tai, kaip jie turėjo būti žiaurūs, kad užvaldytų savo žemę. Jiedu buvo šlovės akimirkos. Majoras Quintino ir ūkininkas Osmar perėmė žemes Mimoso regione, o pulkininkas Henrique Cergueira paėmė žemę Rio Branco regione; kaimas, esantis į vakarus nuo Mimoso. Pulkininkas prisimena, kaip jam pavyko įtikinti gimtąją šeimą, kad jis jiems nepadarys jokios žalos. Laikas bėgo greitai, kai jiedu prisiminė tą ne tokią tolimą praeitį.

Traukinys švilpauja signalizuodamas, kad sustos. Majoras ir pulkininkas išeina greitai užkąsti. Jie atvyksta į barą netoli Pesqueira geležinkelio stoties.

"Ką tu turėsi, ponai?

"Du puodeliai gerų daiktų, kuriuos ten turite, ir lėkštė keptos jautienos. (Pagrindinis)

" Na, majore, tu paprašei manęs eiti į Recife, bet man nepaaiškinai, kodėl mes iš tikrųjų ten einame.

"Turiu savo planų, bet dabar negaliu kalbėti. Turiu išspręsti problemą su gubernatoriumi ir tada rimtai pasikalbėti su jumis.

"Jūs negalite man duoti užuominos?

"Ne. Nieko daugiau, kaip tik tai, ką jau sakiau.

Pokalbis atvėso ir jiedu baigė užkandžiauti. Jie išėjo iš baro, grįžo į traukinių stotį ir vėl įlipo į traukinį, nes ruošėsi išvažiuoti. Įlipęs į traukinį meras jau buvo posėdyje. Majoras džiaugiasi, kad jis taip pat atsakė į jo prašymą. Jie lieka tame pačiame automobilyje kalbėti apie savo šeimas, futbolo žvaigždes ir moteris. Kalbėdamas apie savo šeimą, majoras kaip didžiausius savo lobius nurodo savo žmoną ir dukrą. Pulkininkas kalba apie savo sūnų Bernardą ir jo dukrą Kariną ir užtikrina, kad jie bus jo teisėti įpėdiniai tiek politikoje, tiek jų veikimo būde. Meras sako, kad neturi vaikų, nes jo žmona nevaisinga, bet jis vis tiek laimingai vedęs. Kalbėdami apie sportą, jie nurodo "Sport Recife" ir "Nautico" kaip geriausias futbolo komandas valstijoje. Apie moteris majoras patvirtina, kad myli visokius. Pulkininkas sako, kad jam labiau patinka tamsiaodės moterys su lieknais kūnais. Meras teigia, kad jis nežiūri į jokią kitą moterį, išskyrus žmoną.

Kiti juokiasi iš to teiginio. Jie vis kalbasi ir laikas greitai praeina. Traukinys kelis kartus sustoja prieš atvykdamas į galutinę paskirties vietą "Recife.

Trys nusileidžia ir tuoj pat skraido transporto priemone, kad nuvežtų juos į rūmus, kurie yra valstijos vyriausybės būstinė. Automobilyje vairuotojas prisistato ir užduoda keletą klausimų. Jie atsako tęsdami pokalbį. Vairuotojas pasakoja apie "Recife", pabrėždamas jos tiltus, paplūdimius, upes, bažnyčias ir kitus orientyrus. Jis baigia sakydamas, kad Recife žmonės yra svetingi ir draugiški. Majoras nekreipia daug dėmesio į pokalbį, nes yra susikoncentravęs į savo planus. Pokalbis su gubernatoriumi jam būtų lemiamas. Kažkada vėliau automobilis sustoja priešais rūmus ir visi išlipa.

Trys klaidžioja po kelias pėdas, skiriančias jas nuo rūmų, ir įeina pro pagrindinius vartus. Viduje jie yra instruktuojami kabinetui ir liepiama, kad gubernatorius juos pamatys. Jie patenka į teritoriją ir juos gauna gubernatorius. Meras daro tinkamas įžangas.

"Tai majoras Quintino, didžiausia politinė valdžia klestinčio Mimoso kaimo regione. Ir tai yra Rio Branco pulkininkas (Henrique Cergueira), svarbus vakarinio Pesqueira regiono pradininkas.

"Girdėjau kalbant apie Mimoso. Ši vieta tapo svarbiu Pernambuco prekybos postu, įdiegus geležinkelį. Kalbant apie jus, pulkininke, jūs garsėjate savo dideliais pasiekimais. Garbė pasveikinti jus čia, šiame pastate, kuris simbolizuoja mūsų tautos stiprybę ir mūsų valstybės pasididžiavimą. Kuo aš galiu tau padėti?

"Majoras turėtų žinoti. Jis pakvietė mus atvykti čia, bet neįsileido mūsų dėl priežasties, kodėl. (Rio Branco pulkininkas)

"Tai tiesa. Kalbant apie kitus Pesqueira mero rinkimus, su visa derama pagarba norėčiau, pone, jei palaikytumėte mane mūsų brangaus draugo Horacio Barbosa įpėdiniu.

"Ką? Pesqueira regione yra daug pulkininkų. Vienas iš jų turėtų būti įpėdinis.

"Nė vienas iš jų neturi mano sąmojo ir politinės galios. Aš įgyvendinau kankinimo priemonę, vadinamą spauda, ir tai tapo absoliučiu mano priešų teroru. Aš jau nebesu tik paprastas majoras. Ponas Horacio ir ponas Henrique, čia esantys, gali liudyti mano naudai.

"Tai tiesa. Majoras Quintino išsiskiria Pesqueira mieste. Jis yra svarbus mūsų "pulkininkų" sistemos narys. Aš, kaip Rio Branco pulkininkas, parodau jam savo neribotą paramą.

"Aš jį taip pat palaikau. Jis buvo vienas iš pirmųjų žemės pionierių Mimoso regione. Jo požiūris į vietinius gyventojus buvo labai svarbus ir ryžtingas. Jis yra vienintelis, kuris gali mane pakeisti meru.

"Na, jei jūs abu pritariate jo kandidatūrai ir patvirtinate, aš neprieštarauju. Palaikau jį kaip kitą Pesqueira merą.

Trys ploja gubernatoriui, o majoras Quintino traukia Rio Branco pulkininką į kitą kambarį. Jie turėtų privatų pokalbį.

"Ką tu nori man pasakyti? Kodėl tu mane taip traukei?

"Turiu tau ką pasiūlyti, pone. Turiu gražią dukrą, vardu Kristina, ir noriu, kad ji kuo greičiau ištekėtų. Galvojau apie galimus kostiumus. Tada prisiminiau tavo sūnų Bernardo ir kaip jis yra tavo teisėtas įpėdinis tiek požiūrio, tiek politikos atžvilgiu.

Manau, kad jis puikiai tiktų mano dukrai. Ką jūs sakote? Būtų puiku, jei jiedu suvienytų mūsų šeimas.

Seras Henrique akimirką susimąsto ir atsako.

"Aš taip pat galvojau apie tai, kaip ištekėti už Bernardo. Ateina laikas, kai žmogus turi išmintingai keltis ir dėti šaknis. Jūsų dukra jam būtų didelis privalumas. Tačiau ar ji nesiruošė būti vienuole?

"Ji jau atsisakė tos idėjos. Mano žmona užpildė galvą, kai ji buvo mergaitė. Dabar ji įsitaisiusi ir pasiruošusi ištekėti. Kada galime surengti vestuves?

"Manau, kad užtenka mėnesio, kad būtų galima pasirūpinti susitarimais. Turime surengti didelį vakarėlį ir pakviesti savo bendražygius į sistemą.

"Žinoma. Viskas dėl judviejų laimės. Negaliu laukti, kol mano namuose pilna anūkų.

Jiedu susikibo rankomis ir grįžta į gubernatoriaus kabinetą, kur prisijungia prie mero. Jie atsisveikina su aukščiausia valstybės politine valdžia ir eina į netoliese esantį viešbutį. Jie dar dvi dienas praleisdavo Pernambuco sostinėje, dalyvaudami ceremonijose ir mėgaudamiesi paplūdimių grožiu.

Grįžimas į vidų

Trys keliautojai iš interjero išvyksta iš viešbučio ir Pernambuco sostinės patogumų. Jie frachtuoja transporto priemonę tiesiai į traukinių stotį. Per trumpą laiką jie atvyksta į paskirties vietą. Jie išlipa iš automobilio, nusiperka bilietus ir pagaliau išlipa. Jie sėdi pirmos klasės skyriuje. Rio Branco meras ir pulkininkas pradeda kalbėti, bet majoras atrodo susimąstęs, jo mintys išsibarsčiusios.

Claudio ir Kristina vaizdai ateina į galvą. Ne, jie niekada negalėjo būti kartu, nes priklausė visiškai skirtingiems pasauliams. Jis neaugino dukters, kad ji būtų tarnautoja mažmeninės prekybos parduotuvėje. Ji nusipelnė kur kas daugiau, nes buvo majoro, aukščiausio politinio autoriteto Mimoso regione dukra. Mintyse majoras mato Claudio kalėjime ir tai suteikia jam keistą malonumo jausmą. Kas jam liepė jį taip išduoti? Kas leido jam taip aukštai svajoti? Jis tiesiog mokėjo savo beprotybės kainą. Majoras įsivaizduoja visą sceną ir nesigaili. Juk jis rūpinosi dukters interesais ir jos ateitimi.

Traukinys sujuda ir majoras pradeda kalbėtis su dviem savo bendražygiais. Jie kalba apie savo būsimus projektus. Rio Branco pulkininkas trokšta, kad jo kaimas per kelerius metus taptų miestu, o vėliau pelnytų nepriklausomybę nuo Pesqueira miesto. Jis svajoja būti meru ir gauti geras pozicijas savo draugams ir šeimos nariams. Meras kalba apie pasitraukimą iš politikos ir tapimą puikiu dvarininku atokiose vietovėse, aplink Gražus kaimas. Jis kalba apie galvijų bandų priežiūrą ir didelių plantacijų sodinimą. Pinigų, kuriuos jis gavo apgaulingomis priemonėmis, pakaktų šiam planui įgyvendinti. Majoras kuklesnis. Jis nori, kad jo dukra būtų ištekėjusi ir su vaikais. Jis taip pat tikisi gubernatoriaus, pažadėjusio jį paremti meru, žodžio. Trys toliau kalbasi, o darbuotoja jiems siūlo sulčių ir užkandžių. Jie priima. Laikas greitai bėga ir jie eina per didžiuosius valstybės miestus. Kai jie atvyksta į Pesqueira, meras atsisveikina su jais ir išlipa.

Likęs maršrutas (penkiolika mylių) tarp Mimoso ir būstinės yra sklandus ir saugus. Majoras ir Rio Branco pulkininkas didžiąją laiko dalį tyli. Kai traukinys atvyksta į Mimoso, pagrindiniai pasiūlymai atsisveikina ir išlipa. Išėjus, jo veide matyti, koks jis laimingas, nes grįžo sėkmingas.

Sutvarkyta santuoka

Pasisveikinęs su stoties pareigūnais, pagrindinis vadovas eina į savo namus. Pakeliui jis mato kai kuriuos žmones, bet nekreipia daug dėmesio, nes galvoja, kaip geriausiai pranešti naujienas savo moterims. Kokia būtų Kristinos reakcija? Ką pasakytų jo mylima žmona? Pirmasis išdavė savo pasitikėjimą susitikinėdamas su paprastu mokesčių rinkėju. Antrasis dar norėjo, kad dukra būtų vienuolė. Na, jam nerūpėjo. Jis buvo namų žmogus ir jiedu turėjo laikytis jo sprendimų. Tai, ką jis nusprendė, buvo geriausia visai šeimai. Su ta mintimis didysis skuba ir neilgai trukus grįžta namo. Jis atidaro lauko duris ir eina į svetainę, bet ten nieko nėra. Jis skambina savo dukrai ir žmonai, ir jie atsiliepia iš virtuvės. Greitai jis ten eina.

"Grįžau iš Recife. Ar neapkabinsi manęs?

Kristina ir Helena šiltai reaguoja į majoro prašymą. Jie kurį laiką keičiasi glamonėmis.

"Atnešiu jums gerų naujienų. Žiūrėk, kokia garbė, aš turėjau privilegiją asmeniškai pasikalbėti su gubernatoriumi.

"Visada žinojau, kad esi puikus žmogus. Nuo tada, kai sutikau tave, žinojau, kad esi mano gyvenimo žmogus. Vizijos ir sėkmės žmogus. Jūs nusipirkote majoro rangą, mes persikėlėme į Recife, ir jūs turėjote šviesią idėją užimti didžiąją dalį žemės, esančios į vakarus nuo Pesqueira. Nuo to laiko turėjome daug pasiekimų. Didžiuojuosi tavimi, mano meile. (Helena eurų.

Majoras ir jo žmona apsikabina ir pabučiuoja, o Kristina džiaugiasi scena. Ji taip pat norėjo būti tokia pat laiminga, kaip ir jos tėvai.

"Kokią naujieną turite, tėve? Aš mirštu, kad žinočiau.

Majoras prašo jų atsisėsti rimtu ir paslaptingu žvilgsniu į jo veidą.

"Na, yra du dideli pranešimai. Pirmasis yra tas, kad gubernatorius visiškai parems mano kandidatūrą į Pesqueira miesto mero postą. Antrasis ir ne mažiau svarbus yra tai, kad aš suplanavau jums gražią santuoką, Kristina. Jūsų vyras bus svarbaus Rio Branco pulkininko sūnus. Jo vardas yra Bernardo, ir jis yra tokio pat amžiaus kaip ir jūs. Vestuvės bus po mėnesio.

Šaltas šaltis bėga žemyn Kristina stuburu ir jai šiek tiek svaigsta galva. Ar ji taisyklingai girdėjo? Ši realybė buvo blogesnė už bet kokį košmarą.

"Ką? Jūs man suorganizavote santuoką? Aš to nesitikėjau. Tėve, aš tam nepasiruošęs. Net nežinau, kad šis vaikinas jį myli daug mažiau. Prašau man atleisti, bet aš nesiruošiu už jo ištekėti.

"Aš taip pat tam prieštarauju. Visada svajojau, kad ji taptų vienuole. Vis dar turiu vilties, kad ji sugrįš į vienuolyną. Santuoka neatneš laimės mano dukrai.

"Nuspręsta. Jūs manėte, kad aš priimsiu jus flirtuoti su Claudio? Net savo drąsiausiose svajonėse jis niekada negalėjo būti mano žentas. Aš neauginau dukros, kad ji irgi atiduotų sau bet ką. Kalbant apie meilę, nesijaudinkite, laikui bėgant ją įgysite.

Kristina pradeda verkti dėl visos situacijos. Ar tai reiškė, kad jis jau žinojo apie ją ir Claudio? Jis nieko nesakė.

"Tėve, aš myliu Claudio iš visų jėgų. Net jei negaliu būti su juo, jo nepamiršęiau. Ši santuoka, kurią tu man suorganizavai, atneš tik nelaimę. Manau, kad tai nesibaigs gerai.
"Nesąmonė. Viskas bus gerai. Kalbant apie Claudio, jis nebepadarys jums daugiau žalos. Aš jį išėmiau iš... Apyvartinės.
"Ką tu su juo padarei?
"Pasakiau deputatui Pompeu, kad jį suimtų. Ten jis gailėsis tos dienos, kai tave palietė.
"Tu esi beširdis monstras. Aš nekenčiu tavęs!
Kristina išeina iš virtuvės ir eina bei užsirakina savo kambaryje. Likusią dienos dalį ji verkdavo dėl savo neįmanomos meilės.

Aplankyti

Atrodė, kad naujos dienos atėjimas neerzino Kristinos. Ji buvo ką tik pabudusi, bet liko nejudėdama ant lovos. Ankstesnė diena jos gyvenime buvo pražūtinga. Pasirodžius žiniai apie sutvarkytą santuoką, jos širdis sugriuvo ir viltys būti laimingai. Ji galėjo galvoti tik apie Claudio ir jo kančias. Ji bando atsikelti, tačiau jos nusilpęs kūnas priešinasi bandymui. Ji bando vieną, du kartus, tris kartus, kol gali atsikelti. Ji žiūri į veidrodį ir mato nukirstą ir nugalėtą Kristiną. Kas iš jos taptų? Ar ji galėjo nuslėpti pasibjaurėjimą, kurį jautė šiam nepažįstamajam, kuris ketino už jos ištekėti? Juk jis griovė gražią meilės istoriją. Ji geriau atspindi ir keičia savo nuomonę. Jiedu nebuvo kalti. Kalta archajiška sistema, kuri sako, kad tėvai turėtų organizuoti santuokas savo vaikams. Kur buvo sumanyta stabmeldiška laisvė Prancūzijos revoliucijoje? Brazilijoje to tiesiog nebuvo. Lygybė ir brolybė taip pat buvo tolimi tikslai, kuriuos reikėjo pasiekti. Pasaulyje, kuriame valdė pulkininkai ir autoritarini, nebuvo vietos žmogaus teisėms.

Kristina nueina nuo veidrodžio ir nusprendžia išsimaudyti. Gal šiek tiek šalto vandens sudrumstų jos nervus ir nuotaiką? Būtent su ta viltimi ji eina į vonios kambarį. Maždaug po dvidešimties minučių ji išeina žiūrėdama, kad būtų šiek tiek geresnė. Vanduo tikrai turi galimybę atkurti jėgas. Ji nusirengia ir apsirengia gražią aprangą. Netrukus po to ji eina pusryčiauti į virtuvę. Ji randa, kad jos motiną aptarnauja Gerusa.

"Kur tėvas?

"Jis išvyko anksti. Jis nuėjo pirkti galvijų į netoliese esantį ūkį. Vėliau jis turi verslo susitikimą Gyventojų asociacijoje. (Helena eurų.

" Ar jis vis dar laikosi minties, kad nori, jog aš būčiau vedęs?

"Vakar jis buvo labai aiškus. Jūsų vestuvės numatytos kitą mėnesį. Jei būčiau tu, išmokčiau tai priimti, nes jis nepersigalvos.

" Tu, mano mama, negalėjai manęs apskųsti? Ši santuoka mūsų šeimai nieko gero neatneš.

"Nenoriu kovoti su tavo tėvu. Mūsų santuoka truko taip ilgai, nes žinojau, kaip būti atsargiems ir nuolankiems. Jei būtumėte manęs klausę ir pasilikę vienuolyne, nebūtumėte susidūrę su šia situacija. Jūs būtumėte teisūs būtent šią akimirką, visiškoje bendrystėje su mūsų Viešpačiu Jėzumi Kristumi.

"Aš nesiruošiau gyventi tavo svajonės, mama. Turiu savo gyvenimą. Yra daug kitų būdų tarnauti mūsų Viešpačiui Jėzui Kristui.

"Tada nieko iš manęs neklauskite.

Kristina tylėjo ir baigė pusryčiauti. Ji atsistoja ir pakviečia Gerusa palydėti ją pasivaikščioti, ir ji lengvai sutinka. Jiedu išvyksta, kad nesukeltų Helena įtarimų. Kai jie yra už namų ribų, Kristina perduoda nurodymus tarnaitei. Ji priima ir jiedu toliau vaikšto. Jie važiavo į policijos nuovadą, kur Kristina ketino pamatyti, jei tik trumpai, savo didelę meilę Claudio. Ji buvo sugniuždyta galvodama apie žiaurumus, kuriems jie jį atidavė. Ji skuba savo žingsnius, nekantriai laukdama, kada galės jį pamatyti. Ji nebuvo pamiršusi akimirkų ant kalno ar Sucavão, kur visiškai pasidavė. Jos tėvas galėjo vesti ją su kitu vyru, tačiau tai nenužudys jausmo, kurį ji nešiojosi širdyje. Net jei jis to norėjo, jis negalėjo to padaryti.

Vėliau jie pagaliau patenka į policijos nuovadą. Kristina įsako Gerusa laukti lauke ir ji eina į delegato kabinetą.

"Koks labai geras rytas, panele Kristina, ko tu nori?

"Noriu pasikalbėti su kaliniu Claudio.

"Atsiprašau, bet turiu griežtus nurodymus, kad jis neturi nieko lankytis. Beje, jo tėvai buvo čia, ir aš juos išsiunčiau. Jis laikomas be lankytojų.

"Jūs puikiai žinote, kad jo suėmimas yra neteisėtas. Jei savivaldybės valdžia sužinos, jūs esate didelėje bėdoje.

" Iš tikrųjų vienintelis autoritetas, kurį pažįstu, yra tavo tėvas, majoras. Tas žmogus yra baisus, jei atleisite man už tai, kad taip pasakiau.

"Tu manęs nesupranti. Noriu jį pamatyti dabar, ar ketinate atsisakyti atsakyti į majoro dukters prašymą?

Delegatas Pompeu kurį laiką apie tai galvojo ir nusprendė nerizikuoti. Jis paskambino vienam iš savo pavaldinių ir liepė jiems palikti Claudio ramybėje su Kristina, rezervuotame kambaryje. Jiedu apsikabino ir ilgai bučiavosi.

" Kaip tu sekasi? Ar jie jus skaudina?

"Esu sumuštas. Buvimas toli nuo tavęs yra didžiausia iš visų kančių. Gydymas ir maistas nėra geri, bet aš gyvas. Tu buvai teisi Kristina; jūsų tėvai yra labai šališki.

Kristina perduoda ranką ant Claudio nugaros ir supranta, kad matomos jo kančios žymės. Drebulys bėga per jos kūną, ir ji pradeda verkti.

"Kodėl visa tai turėjo įvykti? Kodėl du žmonės negali turėti teisės laisvai mylėti? O mūsų prašymas kalnui? Ar kada nors tai išsipildys?

"Tikėk meile ir kalnu, Kristina. Kol esame gyvi, yra vilties, kad ir kokia maža ji būtų. Mes nuėjome į nevilties urvą, net jei tai buvo mūsų vaizduotėje, ir mes įveikėme kliūtis ir spąstus. Urvas sugeba įgyvendinti giliausius norus.

"Taip, tai tiesa. Dažnai savo vaizduotėje eidavau į lygiagrečias plokštumas, kuriose gyvena tik mes abu. Matau save vedusį su septyniais tavo gražiais vaikais.

"Taip ir yra. Tačiau atvykdami čia neturėjote tiek daug rizikuoti. Ši vieta nudažo jūsų grožį. Man viskas bus gerai, nesijaudinkite. Jei matote kurį nors iš mano tėvų, pasakykite jiems, kad aš jų pasiilgau.

"Pasinaudojau proga, nes tave myliu. Niekada to nepamiršk. Melsiuosi šventajam Sebastianui, drąsiam kareiviui, prašančiam jūsų laisvės.

"Ačiū. Aš irgi tave myliu.

Jiedu apsikabina, pabučiuoja ir pagaliau atsisveikina. Laikas bėgo. Išėjusi iš kambario, Kristina padėkoja delegatui ir išeina. Gerusa lauke, laukia. Kristina duoda jai dar keletą nurodymų ir jiedu grįžta namo.

Sumušimas

Majoras Quintino dalyvauja verslo susitikime Gyventojų asociacijos pastate. Jis gestikuliuoja, siūlo susitarimus ir įsiklauso į asociacijos narių skundus. Jo majoro rangas suteikė jam teisę tarti paskutinį žodį. Susitikimo viduryje pasirodo delegatas M. Pompeu, prašydamas penkių minučių jo dėmesio. Jis pasiteisina ir eina su juo kalbėtis už asociacijos ribų.

"Kas yra taip svarbu, kad teko nutraukti susitikimą? Ar negalėjote laukti, kol vėliau su manimi pasikalbėsite? (Pagrindinis)

"Atėjau jums pranešti, kad jūsų dukra pasirodė policijos nuovadoje, reikalaudama pasikalbėti su kaliniu Claudio.

"Ką? Jūs to neleidote, ar ne?

"Ji labai reikalavo, aš pasidaviau. Juk ji tavo dukra.

"Jūs tikrai esate nekompetentingas. Ar nedaviau įsakymo niekam neįleisti apsilankyti? Vienintelė priežastis, kodėl nesate iš karto pašalintas iš savo įrašo, yra ta, kad jau tinkamai aptarnavote bendruomenę. Nuo šiandien neleiskite jam priimti daugiau lankytojų, net jei tai pats popiežius. Dukra mane dar kartą nuvylė. Manau, kad turiu imtis rimtų veiksmų.

" Aš laikysiuosi, pone. Ačiū, kad manęs nešaudėte.

"Jūs esate atleistas iš darbo. Girdėjau pakankamai.

Didysis atsisveikina su delegatu ir grįžta prie asociacijos pastato, kad praneštų, jog išeina. Kai kurie žmonės skundžiasi, bet jam tai nerūpi. Apstulbęs jis nekaltai eina į savo namus, kur laukia Kristina. Minčių pliūpsniai užpildo sumišusį majoro protą. Jis prisimena Kristinos išdavystę ir jo kraujas verda dar labiau. Su kuo, jos manymu, ji turėjo reikalų? Su visapusišku ir mylinčiu tėvu? Ji net nelaukė majoro reakcijos. Jis prisimena Kristinos reakciją sužinojus apie sutvarkytą santuoką ir tai, kaip ji neteisingai suprato. Uolumas savo šeimai ir dukters ateičiai jam užėmė pirmąją vietą. Jis perlipdavo bet kokias kliūtis, kad pasiektų savo tikslus. Net jei tai reiškė, kad jis prarado savo vienintelės dukters meilę ir meilę. Vėliau ji jam padėkos ateityje. Kažkada po to, kai majoras atvyksta namo, atidaro priekines duris ir įeina. Pirmasis žmogus, kurį jis mato, yra jo žmona Helena.

"Kur yra Kristina?

"Ji yra savo kambaryje, ilsisi.

"Nedelsdami paskambinkite jai. Noriu su ja pasikalbėti.

Helena pasibeldžia į savo kambario duris ir jai paskambina. Po akimirkos ji pasirodo ir susiduria su majoru.

"Tai tu, su kuriuo noriu pasikalbėti. Ką aš girdžiu apie tai, kad jūs kalbatės su Claudio? Ar nesuprantate, kad jūs abu neturite ateities?

"Mano širdis liepė susitikti su juo ir pažiūrėti, koks jis yra. Galite priversti mane ištekėti už kito vyro, bet neištrinti to, ką aš jam jaučiu. Mūsų meilė yra amžina.

"Jūs brangiai sumokėsite už tai, kad ėjote prieš mane. Aš esu pagrindinis, aukščiausias šio regiono sprendimų priėmimo autoritetas, ir net jūs, mano dukra, negalite eiti prieš mano valią. Atidžiai klausykite: Nuo šiandien aš uždrausiu jums išvykti be mano leidimo ir padarysiu tai, ką jau seniai turėjau padaryti.

Majoras išskleidžia odinį diržą, kuris yra ant jo kelnių, ir greitu judesiu griebia Kristina su viena iš savo stiprių, vyriškų rankų. Kristina bando pabėgti, bet negali. Negailestingai jis pradeda jai smogti rimtus smūgius diržu. Kristina rėkia iš skausmo, o motina Helena bando ją išgelbėti. Majoras jai grasina ir ji tolsta. Jis kurį laiką vis muša Kristina ir, supratęs, kad to pakanka, sustoja. Kristina krenta išsekusi ir sužeista ant žemės. Helena ateina jai į pagalbą ir didieji išeina į pensiją. Kristina verkia ne iš skausmo, o sužinojusi, kad jos tėvas yra beširdis niekšas. Ji nesigaili nei dėl nieko, ką padarė, nei dėl meilės, kurią jautė Claudio. Ji buvo pasirengusi kentėti dėl to, ką laikė šventu. Majoro sumušimai ir grasinimai netrukdė jai svajoti apie savo tikrąją meilę. Juk kokią prasmę turėtų gyvenimas, jei ji prarastų viltį būti laiminga? Dėl meilės ji rizikuotų prarasti savo gyvybę, jei reikės.

Helena padeda Kristina nusiprausti po dušu ir tada susirinkti į savo kambarį. Ji neturėjo jokių sąlygų nieko priimti ar dalyvauti kokioje nors veikloje.

Gerusa pusbrolis

Mimoso buvo gavęs naują gyventoją, kuris ką tik atvyko į traukinių stotį. Tai buvo Clemilda, Gerusa pusseserė. Kilęs iš Bahia, jos gimimas buvo apsuptas paslapčių. Ji gimė būtent tuo metu, kai mama dalyvavo kultinėje ritualinėje duoklėje. Nuo pat gimimo mergaitė parodė tam tikrą natūralų gebėjimą susidoroti su šiomis jėgomis. Bijodama dovanų, motina ją apleido netrukus po to prie labdaros įstaigos durų. Ją išgelbėjo darbuotojai ir užaugino kaip jų dukrą. Nuo jos įvaikinimo toje pačioje įstaigoje pradėjo vykti paslaptingi įvykiai. Dažnai lūždavo stiklas ir veidrodžiai, gaisrai kilo be akivaizdžios priežasties, ant stogo ir ant langų buvo galima girdėti nagų garsą. Viename iš tų gaisrų ji buvo vienintelis vaikas, pabėgęs. Įstaiga buvo uždaryta ir ji vėl tapo našlaičiu. Tada ją pagrobė benamis ir pradėjo praktikuoti smulkius nusikaltimus, kad išgyventų. Jos dovanos buvo atrastos ir jos geradarys pradėjo ją naudoti savo naudai, kad sukauptų turtus. Ji užaugo sukčiaudama, vogdama ir klastodama loterijos rezultatus. Netrukus po to, kai mirė jos geradarys ir ji buvo laisva nuo jo įtakos. Salvadore ji buvo viena. Tada ji nusprendė parašyti laišką savo pusbroliui Gerusa (kuris reguliariai lankėsi pas ją ir buvo vienintelė šeima, kurią ji kada nors buvo sutikusi), pasakodama apie situaciją. Ji pakvietė ją atvykti gyventi į Mimoso, kur dirbo tarnaite turtinguose namuose. Clemilda lengvai priėmė.

Dabar ji buvo ten, stotyje, visiškai įsitikinusi ir nuraminta savo sprendimu. Savo planą ji įgyvendino netrukus, nes visiškai kontroliavo kultines pajėgas. Mimoso būtų ideali vieta jos neteisybės karalystei. Užkariavusi Mimoso, ji ketino užvaldyti pasaulį. Tačiau tam, kad tai įvyktų, ji turėtų išbalansuoti "priešingas jėgas" ir panaudoti jas savo naudai. Žingsniai tai pasiekti buvo panaudoti prakeiksmą, iškreipti tikrą meilę ir sukelti tragediją. Kai viskas bus baigta, ji galėjo užgniaužti tikrąją religiją ir viską kontroliuoti.

Ji patikrina savo laiške esantį adresą ir paklausia netoliese esančio asmens, kaip ten patekti. Ją režisuoja žmogus ir pradeda vaikščioti. Jos mintys kupinos neigiamos energijos ir ji galvoja tik apie sunaikinimą, žeminimą ir iškrypimą. Lagamine ji nešiojasi orakulą, kuris tarnauja kaip tarpininkas tarp jos ir Tamsos Dievo. Ji prisimena savo pirmąjį kontaktą su požemiu ir tai, kaip ji jautėsi laiminga ir galinga, kad pasiektų tokį žygdarbį. Po to ji turėjo daug kontaktų. Paskutinė žinutė, kurią ji gavo, patikslino tam tikrus jai nežinomus faktus. Dabar ji buvo pasirengusi imtis veiksmų ir pradėti savo neteisybės karalystę.

Ji toliau vaikšto ir netrukus pamato gražų vasarnamį. Ji jaučia sielvarto ir kančios mišinį namuose. Ji juokiasi, kai džiaugiasi tokiomis situacijomis. Ji vaikšto šiek tiek greičiau ir netrukus ateina į namus. Ji ploja ir šaukia, kad būtų prižiūrima. Praeina kelios akimirkos ir Gerusa ateina atsiliepti į duris.

"Mano pusbrolis Clemilda. Kaip gera jus čia matyti.

"Atvykau šiek tiek anksčiau. Tu turi man vietą?

"Dar ne. Majoro namai ir jūs galite su juo pasikalbėti asmeniškai. Prašau, užeikite.

Clemilda kvietimą priėmė iš karto. Ji įeina į namus (lydima Gerusa) ir eina pasikalbėti su majoru. Ji randa jį svetainėje.

"Pone majorai, tai mano pusbrolis Clemilda, kilęs iš Bahia. Ji atėjo kalbėti su tavo malone.

"Malonu su tavimi susitikti. Mano vardas Quintino ir, kaip jūs tikriausiai jau žinote, aš esu didžiausia politinė valdžia šiame regione. Ko tu nori?

"Mano pusbrolis Gerusa pakvietė mane atvykti ir gyventi čia, Mimoso mieste, nes Salvadore buvau vienas. Svarsčiau, ar tu, pone, galėtum man gauti gerą darbą ir vietą gyventi.

" Na, vienas iš mano namų yra neužimtas ir matau, kaip tu esi Gerusa pusbrolis, o ji tiek metų buvo su mumis, aš galiu tau tai duoti. Kalbant apie darbą, šiuo metu niekas neateina į galvą, bet kai pamatysiu gerą progą, pranešiu jums. Ar tai buvo viskas? Gerusa duos jums namo raktus. Tiesą sakant, tai gigantiška pilis. Manau, kad jums tai gali patikti.

" Tai viskas. Ačiū.

Džiaugdamasi, kad gavosi nakvynė, ragana išvyko į savo naujus namus. Kita diena būtų jos žiauraus plano pradžia.

"Palaiminimas"

Vieną dieną po Clemilda atvykimo gražaus vasarnamio gyventojai pusryčiauja. Kristina vengia kalbėtis su savo tėvu, nes ji vis dar piktinasi mušimu, kurį ji paėmė. Helena ir pagrindinis pokalbis laisvai.

"Turite omenyje, kad berniukas nenori ateiti susitikti su mūsų dukra? Manau, kad tai absurdiška. (Helena eurų.

"Jo tėvas taip mėgsta. Tai yra išlaikyti tam tikrą paslapties orą. Gaila, kad mūsų dukrai nepatinka mintis ištekėti. Duočiau bet ką, kad įtikinčiau ją, jog tai yra geriausia. (Pagrindinis)

"Pamiršk tai. Neprašykite to, kas neįmanoma.

Gerusa nugirsta ir nusprendžia įsikišti.

"Pažįstu žmogų, kuris gali padėti. Mano pusseserė Clemilda yra patyrusi santykiuose.

"Manau, kad tai gera idėja. Gerusa, palydėk mano dukrą į ponios Clemilda namus. Jei tau pasiseks, aš tau atsilyginsiu. (Pagrindinis)

"Aš nesiruošiu. (Kristina)

"Nereikia norėti. Neversk manęs vėl tave plakti. (Pagrindinis)

Per Kristinos kūną bėga drebulys, prisimindamas bausmę. Ji nenorėjo vėl patirti to jausmo. Ji sutinka, nepaisant to, kad tai nėra jos pačios valia. Ji atsistoja nuo stalo ir lydi Gerusa. Jiedu išeina iš namų ir jau gali pamatyti Clemilda rezidenciją, kuri yra visai šalia gatvės. Šaltį Kristina jaučia kaip įspėjimą, kad ji neturėtų eiti. Tačiau tėvo baimė buvo didesnė, ir ji nusprendė tylėti. Kelios pėdos, vedančios į gyvenamąją vietą, buvo uždengtos. Gerusa pasibeldžia į duris, kad būtų sutiktas. Po kelių akimirkų pasirodo Clemilda.

"Aš tavęs laukiau. Užeik. Tu esi Kristina, ar ne?
" Iš kur tu mane pažįsti, Ponia?
"Visi apie jus komentuoja. Jie kalba apie jūsų grožį ir gerus būdus. Aš tik pagalvojau, kai tu atėjai. Na, užeik.

Įėjo Gerusa ir Kristina, o aplinka buvo kupina neigiamų nuotaikų. Objektus, kurie anksčiau sudarė siaubo sceną, Clemilda jau buvo pašalinusi.

"Aš atvedžiau Kristiną čia, kad jūs patartumėte jai priimti santuoką, kurią suorganizavo majoras. Ji yra atspari šiai idėjai.

"Na, manau, kad galiu su ja pasikalbėti. Gerusa, ar galite akimirką palikti mus ramybėje? Beje, virtuvėje yra krūva daiktų, kuriuos reikia plauti.

"Niekada nesikeisi. Visada stengiuosi mane išnaudoti.

Gerusa paklūsta ir eina į virtuvę. Clemilda prieina prie Kristinos ir pradeda sukti ratą aplink ją.

"Matau žmogų tavo kelyje. Jo vardas Claudio, ar ne? Jis yra jaunas žmogus, raumeningas ir gražus. Jūs susitikote darbe ir meilės sėkla buvo įnešta į jūsų širdį. Tačiau pagalvokite su manimi, kodėl jis negalėtų tavimi domėtis? Jūs esate jauna, graži, protinga ir, svarbiausia, galingo majoro dukra. Ar gali būti, kad meilė, kurią jaučiate, nėra abipusė? Garantuoju jums, kad jis turės savo priežastis: pasididžiavimą, ambicijas ir galią. Štai ko žmonės ieško. Meilė, kurią nupiešėte savo širdyje, yra tik iliuzija.

"Jūs nesiruošiate manęs taip lengvai įtikinti. Aš pažįstu Claudio ir tai, ką mes jaučiame, yra tikra. Man nereikia skaityti jo minčių, kad įsitikinčiau jo jausmais. Iliuzija yra ta santuoka, į kurią jie mane įtraukė.

"Ar pagalvojote, kad tai gali būti tik jo planas? Ar nemanote, kad keista, kokia staigi draugystė prasidėjo? Žmonės yra tikrai nuspėjami. Tai, ko jie nori, yra atsidurti viršuje, nepaisant kitų jausmų.

"Tavo nuodinga burna manęs nesupainios. Neturėjau čia atvykti, nes nesijaučiu gerai.

"Laikykis, brangusis. Leiskite man palaiminti jus, kad būtumėte laimingi savo santuokoje.

Kol Kristina negalėjo atsakyti, Clemilda uždėjo ranką ant galvos. Ji ištarė nesuprantamus žodžius ir Kristina pradėjo svaigti galva. Energijos sūkurys iššoko iš jos rankų ir į Kristinos galvą. Operacija truko šiek tiek daugiau nei trisdešimt sekundžių. Vėliau Kristina nuėmė ranką ir iškvietė Gerusa. Ji atsakė, kad jiedu paliko gyvenamąją vietą ir grįžo namo. Palaiminimas pavertė Kristiną mutante.

Reiškinius

Po intriguojančio susitikimo su burtininke Clemilda Kristina ėmė jaustis visiškai kitaip nei anksčiau. Įprasta veikla, kurią ji atliko ir kuri suteikė jai malonumą, pavyzdžiui, mezgimą, skaitymą ir ėjimą į darbą, tapo varginanti. Tai, kas liko nepaliesta ir buvo vienintelis dalykas, kuris tai padarė, buvo jausmas, kurį ji turėjo Claudio. Be to, aplink ją pradėjo vykti keisti reiškiniai. Mezgimas, kurį ji išmoko vaikystėje, staiga nieko nesuformavo. Atrodė, kad linijos nebeturi jokios prasmės. Skaitydama knygą, jos skaitytą puslapį užklupo ugnies spindulys ir jis sudegė. Tą akimirką ji pajuto degančias akis. Praeidama pro metalinius daiktus, ji juos pritraukdavo. Kiekvieną atradimą ji sunerimusi ir svarstė, ką visa tai reiškia. Ar tai buvo prakeiksmas? Kuo ji tapo? Niekas negalėjo žinoti ar kitaip, kad ji rizikuotų būti hospitalizuota, o gydytojai iš viso pasaulio ketino su ja eksperimentuoti.

Kad jie nesužinotų, ji nustojo eiti su draugais ir dalyvavo tik tokioje socialinėje veikloje, kuri yra griežtai būtina, pavyzdžiui, darbas. Visais laikais ji siekė kontroliuoti save, nes reiškiniai įvyko tik tada, kai ji buvo emociškai nestabili. Norėdama atsikratyti prakeiksmo, ji griebėsi įvairių metodų, tačiau nė vienas iš jų nepasirodė veiksmingas. Karti ir pikta, Kristina vis labiau izoliavosi savo pasaulyje.

Naujas draugas

Darbo rutina, kas penkiolika dienų, buvo praktiškai vienintelė socialinė veikla, kurioje dalyvavo Kristina. Per ją ji sutiko daugybę žmonių ir susidraugavo. Tarp jų buvo jauna mergina, daugiau ar mažiau tokio pat amžiaus kaip Kristina, vardu Rosa. Giminingumas buvo abipusis ir kiekvieną kartą, kai jie pamatė vienas kitą, jie gerai praleisdavo laiką kalbėdamiesi. Vieną kartą tokia proga Kristina paprašė jos ateiti į savo namus ir ji lengvai priėmė. Tą dieną ir tuo metu, kai jie buvo apsisprendę, atvyko Rosa, atėjusi į namo sodą, plojo, kad praneštų apie save. Namo tarnaitė Gerusa atsiliepė į duris.

"Kaip aš galiu tau padėti?

"Atėjau pasikalbėti su Kristina.

"Tik akimirką eisiu jai paskambinti.

Kažkada po to Kristina pasirodo ir pakviečia ją išeiti su ja į namo verandą, nes tai buvo labiausiai vėdinama ir atpalaiduojanti vieta.

"Na, Kristina, aš noriu tave geriau pažinti. Anksčiau man sakėte, kad būsite vienuolė. Koks buvo gyvenimas vienuolyne?

"Ten praleidau trejus brangius savo gyvenimo metus. Na, o vienuolės man buvo gražios, nors ir buvo gana griežtos. Maldai skirtas laikas buvo gana didelis ir tai man kartais nuobodžiaudavo. Aš laikiausi nuomonės, kad jei žmogus nori užmegzti ryšį su Dievu, nebūtina būti tokiam nesavanaudiškam ir atsidavusiam, nes Dievas yra visažinis ir supranta viską, ko norime. Laikui bėgant jie suprato, kad aš neturiu pašaukimo, ir jie mane išmetė.

"Taigi jūs palikote vienuolyną ir grįžote į pasaulį. Nesigailite dėl šio sprendimo?

"Viskas priklauso nuo to, kaip į tai žiūri. Iš karto, ne. Tačiau dabar, kai tėvas verčia mane susituokti, manau, kad būtų geriau, jei būčiau ten. Nors tai būtų tiesiog aš, besislapstantis nuo nesąžiningo pasaulio, kuriame gyvename, kuriame tėvai sprendžia dėl savo vaikų ateities.

"Ar kada nors buvote sugniuždytas ar įsimylėjęs?

"Kai buvau vienuolyne, sutikau sodininko sūnų, kuris mane sužavėjo. Maniau, kad tą akimirką tai meilė, bet netrukus po jo apleidimo supratau, kad tai tik aistra. Tikrą meilę pagaliau radau su Claudio, savo bendradarbiu. Tačiau mano tėvų pasipriešinimas padarė mūsų santykius neįmanomus. Vienintelė mano viltis yra prašymas, kurį pateikiau ant kalno, kad visi teigia, jog yra šventas. Papasakok man šiek tiek apie save. Ar kada nors ką nors mylėjote?

"Kaip jau sakiau, turiu vaikiną, vardu Filipe, sandėlio savininko sūnų. Mes abu mylime vienas kitą ir galbūt vieną dieną galėsime susituokti. Mūsų tėvai mus visiškai palaikė.

"Aš tau pavydžiu. Jūs nežinote, kiek mano tėvų nesusipratimas mane skaudina. Norėčiau, kad būčiau tik eilinė mergaitė, o ne visagalio majoro dukra.

Kristinos veidu liejasi ašaros ir jos draugas bando ją paguosti. Našta, kurią ji nešė ant nugaros, buvo per sunki jų nebrandumui. Ji norėjo būti laiminga ir pamatė galimybę taip slysti pro pirštus. Jai liko vos dvi dienos, kad galėtų atsiduoti vestuvėms be ateities ir nepažįstamam žmogui, kurį ji pažinojo tik vardu. Pamačiusi, kad jos draugas nebenori kalbėtis, Rosa atsisveikino ir pažadėjo grįžti dar kartą. Jų draugystė Kristina buvo svarbi, nes ji nesijautė tokia izoliuota ir visiškai apleista.

Diena prieš vestuves

Santuokos artumas privertė Kristiną vis labiau susijaudinti. Ji kalbėjosi su kunigu, kalbėjosi su draugu ir paskutinį kartą bandė įtikinti tėvus atsisakyti minties ją vesti. Iki šiol ji nebuvo gavusi jokių rezultatų. Kunigas pasiūlė jai atsistatydinti ir susitaikyti su savo padėtimi. Kaip ji galėjo tai padaryti? Ant kortos pastatyta jos gyvenimas ir laimė. Vienuolyne ji sužinojo, kad visi žmonės yra laisvi priimti savo sprendimus ir vadovauti savo likimams. Jos teises slopino visuomenė, kurioje vaikai yra susituokę savo tėvų. Su draugu ji svarstė apie savo ir Claudio ateitį. Nė vienas iš jų nerado tikros ir apčiuopiamos alternatyvos, kuri galėtų paskatinti juos abu būti kartu, išskyrus šventojo kalno viltį ir Kristinos prašymą. Tai buvo vienintelis dalykas, kurį jai beliko padaryti; palaukite stebuklo ar mažai tikėtino įvykio.

Kristina eina link terasos ir pradeda stebėti dangų. Ji prisimena akimirkas, praleistas ant kalno, ir žvaigždes, kurias ji ir Claudio stebėjo kartu. Jie buvo liudininkai jausmo, kuris suvienijo šiuos du dalykus, ir net jei didieji ir jo socialiniai suvažiavimai niekada to neleistų, jiedu ir toliau mylėtų vienas kitą. Žvelgdama į dangų, ji tikisi, kad kitas pasaulis bus teisingesnė ir geresnė vieta ir kad tie, kurie tikrai žino tikrąją meilę, gali pasiekti laimę. Ji prisimena Dievą ir tai, kaip ji sužinojo, koks jis nuostabus. Ji prašo Dievo patenkinti paprasčiausių svajotojų norus, neįeinant į urvą ar dar kažką panašaus. Ji taip pat prašo jėgų ištverti savo kankinystę iki galo. Ji jautėsi kaip mutanto ir buvo nusivylusi meile. Ji šaukia paskutines ašaras, kurias buvo palikusi verkti, ir eina namo.

Tragedija

Pagaliau buvo dienos šviesa ir tai reiškė, kad atėjo baisi diena. Kristina atsibunda, bet bando apsimesti miegančia, kad nesusidurtų su realybe. Kas žinojo, jie galėjo ją pamiršti ir galbūt viskas, ką ji patyrė per pastarąsias kelias dienas, buvo tik paprastas košmaras? Ji norėjo atmerkti akis ir surasti Claudio, savo tikrąją meilę. Ji norėjo ištekėti už jo, o ne svetimo, šio Rio Branco pulkininko sūnaus. Akimirką ji jaučiasi taip, lyg būtų Sucavão mieste, ir prisimena kiekvieną detalę apie tai, kas ten įvyko. Atrodo, kad ji ten jaučia vandens jėgą, vyrišką Claudio glėbį ir užuodžia jo kvapą. Ji gilinasi į šią mintį, kol balsas ją trikdo ir sugrąžina į realybę. Tai buvo jos mama.

"Kristina, mano dukra, pabusk, vestuvių svečiai jau atvyksta. Ar pamiršote, kad jis vyks 8:00 val.?

"O, Motina, turėk kantrybės. Vos nemiegojau visą naktį galvodama apie šią santuoką.

Kristina pakyla gana nuotaikingai ir eina į vonios kambarį išsimaudyti. Jos mama laukia savo kambaryje. Maždaug po dvidešimties minučių ji grįžta ir randa savo gražią suknelę, išsidėsčiusią ant lovos. Ji tai stebi ir mano, kad tai gražu, nors ir melancholiška. Mama padeda jai apsirengti ir apsivilkti makiažą. Viską paruošusi, ji prieina prie veidrodžio, kad pamatytų, kaip ji atrodo. Ji mato širdį veriančią savęs versiją, nors ir gražiai pasipuošusi. Ji galvoja apie idėją, kas nutiks, ir apie savo ateitį nežinomo vyro pusėje. Staiga veidrodis įtrūksta ir sulūžta, su dideliu spragtelėjimu. Kristina rėkia, o jos motina skuba į pagalbą. Laimei, ji nesusižeidė. Ji jaučia skausmą krūtinėje ir stebisi, kas nutiks. Ji prisimena savo pasikartojančius sapnus. Mama ją ramina ir sako, kad tai nieko. Jiedu eina į svetainę susitikti su jaunikio šeima ir priimti svečių. Majoras paima Kristina ranką ir pradeda ją pristatyti.

"Pone Henrique, tai mano dukra Kristina. Argi ji nėra graži?

"Taip, ji labai graži. Mano sūnus yra laimingas žmogus. Šiandien baigsime kurti mūsų šeimų sąjungą ir tai mane labai džiugina.

Kristina verčia juoktis, kad nebūtų nemalonu. Jaunikio motina taip pat stengiasi būti graži.

"Po to, kai esate vedęs, jei jums reikia pagalbos, nedvejodami paklauskite manęs. Mūsų šeimos moterys yra labai artimos.

Karina, jaunikio sesuo, taip pat žengia į priekį ir giria Kristina plaukus. Majoras ir Helena sveikina savo svečius, kurie vis dar atvyksta. Kai laikrodis sukasi lygiai 8:00 AM, visi išeina į terasą, kurioje vyks santuoka. Kristina prie majoro nueina prie laikino altoriaus. Pakeliui prie altoriaus ji turi galimybę iš pirmo žvilgsnio pamatyti veidus su nerimastingomis išraiškomis. Ji mato Motiną

Viršininkę ir vienuoles, gyvenusias su ja vienuolyne. Ji taip pat mato savo pirmuosius profesorius ir pusbrolius, atvykusius iš Recife. Apskritai, ji gali pajusti akimirkos laukimą ir jaudulį. Dar šiek tiek judėdama į priekį, ji jau gali pamatyti jaunikį ir tėvą Chiavaretto. Staiga jos viduje įniršis užvaldo ją ir priverčia nekęsti jų abiejų. Kodėl tas vyras, vardu Bernardo, sutiko ją vesti? Juk jis buvo žmogus ir turėjo daugiau veiksmų laisvės. Ji pasiduotų santuokai be ateities ir būtų nelaiminga visą likusį gyvenimą. O tėvas? Kaip jis užsispyrė dalyvauti tame farse? Bažnyčia turėjo stovėti šalia jos ir būti jos bendrininku, o ne priimti situaciją.

Ji priartėja prie jaunikio ir jos pyktis nesumažėja. Pamačius jį, tiesiai iš jos akių pasigirsta žaibo spindulys ir trenkia jam tiesiai į krūtinę. Jis krenta, miręs. Sąmyšis auditorijoje sujaudina ir Kristina krenta jam po kojomis.

"Ji monstras! (Kai kurie rėkia)

Majoras veikia greitai ir siunčia savo pakalikus, kad padėtų Kristinai pakilti ir apsaugoti ją nuo piktos minios. Tuo tarpu vienuolės kerta save, netikėdamos tuo, ką tik matė. Jaunikio šeima bando spausti delegatą imtis veiksmų, tačiau majoras atmeta jo veiksmus. Galų gale Kristina išgelbėjama ir majoras išsiunčia svečius. Vakarėlis ir visos šventės atšaukiamos. Sutvarkyta santuoka baigėsi tragedija.

Juodasis debesis

Užbaigus tragediją, Clemilda pradėjo mesti burtą, kuris pasiektų visą Mimoso regioną. Ji turėjo įgaliojimą tai padaryti, nes įvykdė tris žingsnius: Ji buvo nustačiusi prakeiksmą, iškreipusi tikrą meilę ir sukėlusi tragediją. Dabar nešventųjų tarnystė buvo pasirengusi veikti, dusindama krikščionybę. Ji priartėja prie katilo ir įdeda paskutinius ingredientus į jį savo bortui. Ištardama nesuprantamus žodžius, ji šoka aplink jį. Staiga ji sustoja ir giliu, stipriu balsu sako: -Tamsus debesis, parodyk!

Iškart didelis, juodas, storas debesis uždengia Mimoso dangų. Saulė taip pat yra padengta ir su tuo natūrali dangaus šviesa žymiai sumažėja. Prakeiksmas buvo užprogramuotas įsigalioti kiekvieną dieną po 23:00 val. Dėl to ragana savo galią padvigubintų ir galėtų veikti laisviau.

Kankiniai

Netrukus po to, kai buvo įdiegtas juodas debesis, ragana pradeda veikti. Ji pasamdė du pagonis, Totonho ir Cleide, kad padėtų jai kultiniuose darbuose. Be to, ji nurodė abiem atsikratyti krikščionybės atstovų toje vietoje. Pirmosios aukos buvo tėvas Chiavaretto ir Vienuolė Nunes, kurie lankėsi Mimoso. Be to, kai kurie tikintieji buvo nukankinti, o kiti sudėti ant kuolų, kad sudegintų lauže. Po žmogžudysčių jie pradėjo griauti nedidelę koplyčią, kuri buvo pastatyta šventojo Sebastiano garbei. Beveik nieko neliko, tik kryžius, kuris stovėjo nepaliestas, nepaisant bandymų jį sunaikinti. Tai buvo simbolis, kad krikščionybė vis dar gyva ir galėjo reaguoti.

Pasibaigus dominavimui, "priešingų jėgų" ratas iširo ir sukėlė disbalansą. Jei situacija taip liktų ilgą laiką, Mimoso rizikuotų išnykti. Taip yra todėl, kad gėrio jėgos neliktų nelaisvėje prieš šį šventvagį. Galų gale tai sukeltų nenuspėjamą karą, kuris galėtų sunaikinti abu pasaulius.

Vizijos pabaiga

Vaizdų seka iš regėjimo, kuri užpildė mano protą, staiga sustojo. Sąmonė pamažu grįžta ir aš laikau laikraščio puslapį su antrašte: Kristina, Jaunoji pabaisa. Stebiu tai ir manau, kad antraštė apgailėtinai neadekvati, nes įvykusi tragedija jokiu būdu nebuvo jos kaltė. Ji buvo tik dar viena žiaurios ir galingos burtininkės Clemilda auka. Staiga pradedu suprasti, kodėl atsirado mano kelionės laiku ir pergalė prieš urvą. Buvau dalis siužeto pagal likimą, kad pabandyčiau ištraukti palaimintąjį Mimoso iš tragedijos glėbio. Mano misija buvo suvienyti "priešingas jėgas" ir padėti urve girdimo riksmo savininkui. Buvau visiškai tikra, kad to balso savininkė buvo gražioji misis Kristina. Manęs laukė pasiuntinys, visiškai karti Kristina. Turėčiau įtikinti ją reaguoti ir padaryti ją savo sąjungininke kovoje su blogio jėgomis. Galų gale turėčiau prisiminti globėjo mokymus ir baisų nevilties urvą, urvą, kuris įgyvendino mano svajones ir padarė mane Regėtoju. Dabar turėjau naują iššūkį ir norėjau jį priimti.

Turėdamas laikraštį rankoje, perskaičiau visą istoriją apie Kristiną. Jie teigė, kad ji buvo monstras nuo vaikystės ir kad tik tada ji buvo atrasta. Pasipiktinimo ir pykčio mišinys užpildo visą mano esybę. Kaip tie žurnalistai turėjo drąsos tai paskelbti? Jie pasinaudojo tragedija, kad pasakytų melą. Kristina niekada nebuvo ir negalėjo būti pabaisa. Ją tiesiog prakeikė pikta ir iškreipta ragana. Geri žmonės turėjo jai padėti ir išgydyti. Aš vis skaitau laikraštį ir jie teigia, kad Kristina buvo jauna maištininkė, kuri paliko vienuolyną dėl blogo elgesio. Aš vėl sukilau. Jaučiuosi lyg suplėšyčiau visą laikraštį. Prakeikti žurnalistai, jie viską iškreipia, kad užsidirbtų pinigų. Kristina buvo jauna, nuolanki mergaitė ir laikėsi motinos patarimo įsitaisyti vienuolyne. Kai seserys suprato, kad ji neturi pašaukimo, jos ją išmetė. Nustojau skaityti naujienas, nes tai nebuvo tiesa. Vizijos man pakako, kad žinočiau, kur stovėjau. Paimu laikraštį ir grąžinu jį į spintelės stalčių, šalia stalo, iš kur buvau jį gavęs. Atsikeliu ir mintyse pradedu rengti veiksmų planą. Turėčiau kažkaip suvienyti "priešingas jėgas" ir padėti Kristinai rasti tikrąją laimę. Prieinu prie durų ir kaip tik ruošiuosi jas atidaryti.

Parodymus

Kai jis atsidaro, nustebau pamatęs žmonių susibūrimą mažame viešbučio fojė. Kokia viso to prasmė? Priartėju, kad galėčiau paklausti.
"Kas čia vyksta?
Pompeu, delegatas, prabyla.
"Mes esame čia, nes jums buvo pareikšti rimti įtarimai. Tu turi ateiti su mumis, berniuk.
Delegatas signalizuoja savo apatiniams ir jie atneša antrankius. Jie uždėjo juos ant mano riešų ir aš jaučiuosi neteisus, kaip vergas dar senais laikais. Karmen bando įsikišti, bet delegatas neklauso.
"Ar tai tikrai būtina? Turiu ramią sąžinę.
"Apie tai pamatysime stotyje, sūnau. (Pagrindinis)
Paklusdamas jo įsakymams, pradedu vaikščioti, o traukinys taip pat išvyksta. Išėjusi iš viešbučio suprantu, kad dalyvavo daug daugiau žmonių, besidominčių tuo, kas vyksta. Ko jie norėjo su manimi? Ar buvau padaręs nusikaltimą? Nuo tada, kai atvykau į Mimoso, labai stengiausi nekreipti į save dėmesio. Tačiau dabar buvau surakintas antrankiais ir nuvežtas į policijos komisariatą. Pradedu nerimauti, ką tiksliai jiems pasakyti. Negalėjau pasakyti

visos tiesos ir pakenkti misijai. Turėčiau apsiginti nuo kaltinimų turėdamas gerą sveiką protą ir intelektą. Pradedu galvoti apie Claudio ir apie tai, kaip jis buvo įmestas į kalėjimą. Sugalvočiau būdą, kaip išvengti to paties, kas nutiko su manimi.

Praėjus maždaug dešimčiai minučių po išėjimo iš viešbučio, pagaliau atvykstame į įspūdingą policijos nuovadą. Majoras Quintino ir delegatas Pompeu ateina su manimi. Kiti lauke laukia sprendimo. Įėję į delegatų kabinetą, jie nusiima man antrankius ir su tuo man labiau palengvėja.

" Na, sėskis, pone Regėtojai. Dabar esu tas, kuris užduos klausimus. Pirma, koks tavo tikrasis vardas ir iš kur tu esi? (Delegatas)

"Mano vardas Aldivan ir aš esu iš Recife.

" Ką tu čia veiki, jei esi iš Recife? Kokia jūsų profesija?

"Esu "Sostinės laikraščio" reporteris ir atėjau ieškoti geros istorijos. Užtikrinu jus, mano ketinimai yra geriausi įmanomi. Nesu nusikaltėlis ir nenoriu nieko įskaudinti.

"Ką turite pasakyti apie negailestingus tardymus, kuriems teikėte šios vietos žmones? Ką konkrečiai turite omenyje tai darydamas?

"Tai yra mano darbo dalis, strategija, pagal kurią reikia rinkti informaciją. Tačiau jei tai kam nors tapo nepatogu, aš sustosiu.

"Kaip turbūt žinote, karalienė Clemilda priėmė dekretą prieš jūsų asmenį. Ką jūs į tai sakote? Atsitiktinai, ar esate jos priešas?

"Manau, kad geriau neatsakysiu į šį klausimą.

"Na, daugiau klausimų neturiu. Majorai, ar turite daugiau klausimų, kuriuos norite užduoti šiam vaikinui?

"Taip. Noriu sužinoti, ar jis dirba vyriausybės oponentams.

"Ne, visai ne. Aš nenoriu įsitraukti į politinius klausimus, nors manau, kad dabartinė sistema yra gana nesąžininga.

"Na, pone Aldivan, manau, kad leisiu jums kelias dienas pabūti kalėjime, kad patikrintumėte, ar viskas, kas čia buvo pasakyta, yra tiesa.

"Aš čia neliksiu. Tai nesąžininga. Jeigu jūs priimsite šitą įnoringą sprendimą, aš jus pasmerksiu gubernatoriui, kuris yra artimas mano draugas.

Majorą ir delegatą stebina mano reakcija ir ką tik išsakyta žinia. Jie susirenka į komuną tylėdami ir pasiryžta nerizikuoti. Galų gale esu paleistas, nepaisant kai kurių žmonių protestų už policijos nuovados ribų. Mano planas suveikė.

Atgal į viešbutį

Kai išeinu iš stoties, pradedu domėtis, kodėl Mimoso žmonės taip pasyviai reagavo. Jie gyveno žiaurios raganos ir majoro tironijoje. Manau, kad gal tai baimė, kuri sustabdo bet kokius jų kerštus. Staiga pradedu prisiminti trejas duris, iš kurių turėjau rinktis, kad galėčiau žengti į urvą. Jie reiškė baimę, nesėkmę ir laimę. Ten išmokau suvaldyti savo baimes ir su jomis susidurti, nepaisant visų urve esančių veiksnių, kurie man patiko mane užklupti, pavyzdžiui, tamsą, netikėtumą ir visus spąstus. Išmokau ir su nesėkme susidurti ne kaip su pabaiga, o kaip su naujo plano atnaujinimu. Galų gale pasirinkau laimės duris ir tai žmonės dažnai nesirenka. Daugelis yra savo kasdienio gyvenimo, egoizmo, moralės, gėdos ir savo sugebėjimų svajoti vergai. Tai yra tie, kurie žlunga ir bijo. Jie net nerizikuoja patekti į urvą, kad įgyvendintų savo norus. Jie tampa nelaimingais žmonėmis, neturinčiais meilės sau.

Žiūriu į savo pusę. Matau žmones, kurie manęs dar net nepažįsta, kurie labai pyksta dėl mano paleidimo iš policijos nuovados. Iš visos širdies jie mane jau teisė ir nuteisė. Kaip dažnai tai darome? Kaip dažnai manome, kad mums priklauso tiesa ir kad turime galią pasmerkti? Prisiminkite, ką Jėzus sakė: Pirmiausia pašalinkite spindulį iš savo akies, prieš nukreipdami jį į savo brolį. Jis tai pasakė, nes mes visi turime trūkumų ir dėl to mūsų sprendimai tampa daliniai ir neaiškūs. Tik tie, kurie pažįsta žmogaus širdį ir yra laisvi nuo bet kokių nuodėmių, turi galimybę viską aiškiai matyti. Aš paskutinį kartą žiūriu į šiuos žmones ir man jų gaila, nes jie teikia pirmenybę savo godžiam teisingumo jausmui, o ne mąsto apie savo gyvenimą. Palieku juos ir toliau grįžtu į viešbutį. Pradedu mintyse organizuoti kiekvieną žingsnį, kurį daryčiau, kad suvienytų "priešingas jėgas" ir padėčiau misis Kristina. Ji buvo to riksmo, kurį išgirdau nevilties oloje ir kuris paskatino mane keliauti per laiką, savininkė. Ši kelionė man buvo dvasinio ir žmogiško tobulėjimo proceso dalis ir tuo pat metu turėjo tikslą ištaisyti neteisybę. Aš vis vaikštau ir maždaug po penkių minučių nueinu į viešbutį. Renato ir Carmen laukia prie vartų. Jie yra mano bendražygiai šioje kovoje. Kita diena būtų tinkamiausias laikas pradėti savo planus.

Idėja

Pirmieji saulės spinduliai glosto mano veidą, o natūralios šviesos jėga mane ką tik pažadino. Kurį laiką lieku nejudrus, nes neturėjau tokios geros nakties. Vis dar prisiminiau košmarą, kurį turėjau praėjusią naktį, kuris privertė mane pabusti. Sapne buvau su keliais jaunais žmonėmis, kalbančiais apie mano knygą. Kalbėjau apie savo lūkesčius ir viltis už tai gauti komercinį leidėją. Kartu ateina mažas velnias, varginantis ir gąsdinantis visus. Žmonės pabėgo, o demonas, neparodęs savo veido, sušuko: -Taigi jūs viską išsiaiškinote!

Tą akimirką košmaras baigiasi ir aš pabundu vidury nakties, gausiai prakaituodamas. Ką tai reiškė? Ar tai turėjo ką nors bendro su Mimoso istorija? Nebuvau tikras. Žinojau tik tiek, kad noriu turėti padorią vietą visatoje ir jei mano likimas ir pašaukimas būtų literatūroje, sekčiau ja su didele aistra. Galų gale, kodėl aš patekau į urvą, jei nenorėjau tapti Regėtoju, žmogumi, galinčiu peržengti laiką, nuspėti ateitį ir suprasti labiausiai sumišusias ir sielvartaujančias širdis? Su ta mintimi atsisuku į lovą ir atsistojau. Stebiu Renato, kuris vis dar miega, ir stebiuosi, kodėl globėjas tiek daug reikalavo, kad aš jį pasiimčiau su savimi. Iki šiol jis vos neprisidėjo. Ką vaikas galėtų padaryti dėl manęs? Na, aš nežinojau. Nukreipiu dėmesį nuo jo ir einu į vonios kambarį greitai išsimaudyti. Vonia paliktų mane prieinamose. Įeinu, įjungiu vandenį ir jau pradedu jausti naudą. Galvoju apie savo šeimą ir jaučiuosi namie. Prisimenu savo mamą ir seserį ir kaip jos taip prieštaravo mano svajonei. Atleidimo jausmas įsiveržia į mano būtį ir aš galų gale pamirštu šį faktą. Juk būtent aš turėjau tikėti savo talentu ir pašaukimu. Be kūno plovimo, stengiuosi išvalyti savo mintis nuo bet kokių priemaišų, nes turėjau būti pasirengęs įveikti iškilusias kliūtis ir iššūkius. Išjungiu vandenį ir muilą.

Tą akimirką mažas lašas pats savaime paliečia mano galvą ir aš akimirksniu keliauju per tolimus matmenis. Matau save danguje, kalbantį su angelais ir klausiantį jų, kokia yra gyvenimo prasmė.

Atsakydamas girdžiu skambėjimą ir tai mane labiau glumina. Po angelų kalbuosi su apaštalais ir vienas iš jų man sako, kad esu labai ypatingas Dievui. Jis mane laiko savo sūnumi. Iš tolo matau Mergelę ir ji man atrodo taip pat, kaip ir kitais laikais, kai ją mačiau: tyra ir išmintinga. Po to matau Jėzų Kristų jo soste, su visa jo šlove, ir jis man liepia būti geram ir pasitikėti savo talentu. Visa tai įvyko per mažiau nei vieną sekundę, tą laiką, kai prireikė vandens lašo, kad paliesčiau mano galvą. Tada pamatau maišytuvą, vandenį, bėgantį žemyn mano kūnu, ir grįžtu į realybę. Nusprendžiu jį išjungti, nes esu pakankamai švarus. Išeidamas iš vonios kambario randu Renato vis dar miegantį ir esu nusiminęs. Aš energingai purtau jo kūną, kad jį pažadinčiau. Jis atsistoja grumdamasis ir eina išsimaudyti. Aš naudojuosi šia proga nueiti į viešbučio virtuvę ir papusryčiauti. Kai atvykstu, mane visi gerai priima, o Karmen man patiekia keletą užkandžių.

"Turite omenyje, kad vakar delegatas jus taip pat paleido? (Rivanio)

"Man pavyko jį įtikinti. Jis neturėjo jokios priežasties laikyti mane ten įkalintą.

"Tau pasisekė, berniuk. Šiame kaime įprasta, kad įvyksta daug neteisybės. Pavyzdys yra Claudio. Jis suimtas, nes įsitraukė į majoro dukrą. (Gomes)

"Tikrai apmaudu. Jei galėčiau dėl jo ką nors padaryti...

"Geriau nedrįsti. Majoras laikytų jus savo priešu ir tai būtų košmaras. Metodai, kuriuos pagrindiniai naudoja susidoroti su savo priešais, nėra malonūs. (Karmen)

Karmen įspėjimas paliko mane gana susimąsčiusį. Turėjau būti tikrai atsargus, nes majoras ir ragana neturėjo būti juokaujami. Aš bėgau priešo teritorijoje ir turėjau žaisti teisingus judesius, kad išeičiau nugalėtojas. Pokalbis tęsiasi iki kitų temų ir aš baigiu pusryčius. Kai tik baigiu, Carmen paskambina man į privatų pokalbį.

"Na, atėjo laikas aptarti mokėjimą, kaip jau minėjau anksčiau. Ar turite pinigų?

Klausimas mane šiek tiek nustebino, bet prisiminiau, kad į kelionę buvau atsivežęs keletą su savimi. Atsiprašiau, pažvelgiau į savo krepšį ir grįžau su kažkokiu pakeitimu. Karmen paėmė pinigus ir paklausė;

"Iš kurios šalies tie pinigai? Niekada negirdėjau apie "Reais". Deja, negaliu su tuo susitaikyti. Noriu nacionalinės valiutos.

Karmen atsakymas buvo tarsi antausis į veidą ir tada supratau, kad 1910 m. mano pinigai neturi jokios vertės. Atsakymo neturėjau.

"Na, matau, kad jūs neturite pinigų. Tada turėsite gauti darbą, kad man sumokėtumėte. O kaip būtų, jei dirbtumėte majore kaip žurnalistas?

"Nemanau, kad tai gera idėja. Tačiau tai vienintelis variantas, kurį turiu. Aš kalbėsiu su majoru ir paprašysiu darbo.

"Taip ir yra. Linkiu jums sėkmės.

Karmen mane apkabina ir išeina į pensiją. Jos idėja nebuvo tokia bloga. Turėčiau galimybę susitikti su Kristina ir kas žino, gal net turėti su ja kažkokį kontaktą.

Majoro figūra

Netrukus po to, kai pasikalbėjau su Carmen ir ja, davusi man idėją, nusprendžiau viską sudėlioti. Juk laikrodis tiksėjo ir aš turėjau kiek daugiau nei dvi savaites, kad surinkčiau "priešingas jėgas" ir padėčiau Kristinai rasti savo likimą. Turėdamas tai omenyje, nuėjau į savo kambarį, apsivilkau gerus drabužius ir išėjau. Išėjęs iš viešbučio pradedu susikaupti ir galvoti apie geriausią būdą, kaip elgtis su majoru, nes jis buvo sunkus žmogus, labai prietaringas, išdidus ir pervargęs. Kristina ir Claudio buvo keletas jo mąstymo ir veikimo būdo aukų. Nenorėjau tapti dar vienu ir man reikėjo pasirinkti tinkamus žodžius. Aš ir toliau mąstau apie pagrindinius dalykus ir galvoju apie daugybę sunkumų, kuriuos jis išgyveno, kai buvo tik vaikas. Tačiau atrodė, kad jis nieko neišmoko, nes negalėjo praleisti progos pažeminti ir pakenkti žmonėms. Gyvenimas užkietino jo širdį ir sielą. Jis nebuvo niekino idėja apie tobulą bosą, bet man reikėjo darbo, kad galėčiau įgyvendinti savo planus.

Akimirką nustosiu apie tai galvoti ir šiek tiek pagreitinu, nes esu netoli vasarnamio. Apsidairau aplinkui, o žmonės, kuriuos matau, yra liūdni ir paklusnūs. Manau, kad Mimoso žmonės iš dalies yra atsakingi už dabartinę tironijos ir neteisybės situaciją, kuri vyksta šioje vietoje. Juose dominavo nedora ragana ir pagrindinis pulkininkų sistemos atstovas. Vienas grasino žmonėms juodąja magija, o kitas panaudojo jėgą, kad įbaugintų ir tyčiotųsi. Abu būtų galima nuversti, jei visi susivienytų maište prieš juos. Iniciatyvos ir konformizmo stoka išlaikė juos toje pačioje situacijoje, dominavo. Taigi, gėrio jėgos ėmėsi veiksmų ir privertė mane keliauti į kalną, kuris, kaip visi sakė, buvo šventas. Ten sutikau globėją, jauną merginą, vaiduoklį, berniuką, atliko tris iššūkius ir įžengiau į urvą, galintį įgyvendinti giliausias svajones. Urve pabėgau iš spąstų ir ėmiau scenarijus, kol pasiekiau pabaigą. Buvau paverstas Regėtoju ir keliavau laiku, vaikydamasis balso, kurio nepažinojau. Tai buvo misis Kristina, neseniai pasikeitusios majoro dukters, balsas. Majoras, su kuriuo dabar susidurčiau, kad gaučiau darbą ir sumokėčiau tai, ką buvau skolinga Carmen. Galiausiai ateinu į vasarnamį ir namo tarnaitė ateina manęs pasisveikinti sode.

"Kaip aš galiu tau padėti, pone?

"Mano vardas Aldivan ir aš esu žurnalistas. Noriu pasikalbėti su didžiuoju. Ar jis yra namuose?

"Taip. Užeik, jis yra svetainėje.

Širdimi lenktyniaudamas įžengiu į gražų vasarnamį. Mano nerimas ir nervingumas mane žudė. Einu į kambarį ir pasisveikinu su majoru.

"Kas jus čia atveda, pone Regėtojai?

" Na, kaip žino jūsų Ekscelencija, aš esu žurnalistas. Taigi, maniau, kad jūsų Ekscelencijai gali prireikti mano paslaugų, ir aš nusprendžiau atvykti čia peržiūrėti savo sutarties.

"Žiūrėk, aš tavęs gerai nepažįstu ir vis dar nesu tikras, ar tu esi šnipas, ar priklausai opozicijai. Nemanau, kad galiu jums padėti.

"Garantuoju, kad esu patikimas ir tokiam didžiajam kaip jūs reikia žurnalistinės paramos, kad jį patvirtintų visuomenė. Kaip sakoma, žiniasklaida yra ta, kuri kuria žmogų.

"Žiūrint į tai taip, manau, kad tai gali būti gera idėja. Padarykime eksperimentą, kad pamatytume, ar jis veikia. Tačiau jei pakenksite mano įvaizdžiui, su jumis bus elgiamasi kaip su priešu ir galbūt girdėjote, kad tai jokiu būdu nėra patogus dalykas. Kalbant apie atlyginimą, tai bus geri pinigai. Jums nereikia jaudintis.

"Ačiū. Pažadu jūsų nenuvilti. Kada pradėti?

"Kuo greičiau įeikite į darbą. Noriu, kad mano vardas būtų išplatintas visame Pernambuco. Noriu būti legendinis ir prisimintas daugelio kartų.

"Bus taip, majore. Pažadu jums.

Atsisveikinu ir išeinu. Vykdydamas misiją jaučiuosi labiau atsipalaidavęs ir pasitikintis savimi. Įtikinti majorą nebuvo taip sunku, nes jis buvo ištroškęs galios ir šlovės. Buvau sužaidęs su jo silpnybe, todėl išėjau nugalėtojas.

Darbas

Majoras davė man pirmuosius nurodymus ir aš pradėjau dirbti, kad iškelčiau jo vardą. Iš esmės mano darbas buvo stiprinti jį skleidžiant savo veiksmus ir palankumus vietos gyventojams ir prisidėti prie jo kampanijos, kai jis kandidatuos į savivaldybės merus. Šios užduotys manęs nepastatė į patogią padėtį, nes aš visiškai prieštaravau pulkininkų sistemos idealams ir majoro požiūriui. Tačiau žinojau, kad tai vienintelė galimybė priartėti prie Kristinos, nes po tragedijos ji buvo visiškai santūri. Mano šūkis buvo toks: Tai pabaiga, pateisinanti priemones. Vienas iš pirmųjų naujienų straipsnių, kurį turėjau atskleisti, buvo toks: pagrindinės pagalbos skurstančioms šeimoms. Nurodžiau datą, kalbėjau apie didžiojo gerumą ir jo veiksmus, paminėjau žmonių padėką ir katastrofišką padėtį, kurioje jie atsidūrė. Tačiau svarbiausias dalykas nebuvo atskleistas. Nepaminėjau, kad pinigai, naudojami maisto krepšeliams pirkti, buvo gaunami iš mokesčių ir kad mainais majoras reikalavo, kad šeimos balsuotų už jį už merą. "Gerumo" aktas buvo ne kas kita, kaip įdomus žaidimas, kuris buvo labai populiarus valdant pulkininkų sistemai. Dabar tapau šios sistemos bendrininku net ir prieš savo valią. Stengiuosi apie tai daugiau negalvoti ir toliau dirbti. Dabar mano strategija buvo rasti būdą, kaip bendrauti su Kristina ir leisti jai rasti savo likimą.

Pirmasis susitikimas su Kristina

Turėdamas daug medžiagos, priartėju prie vasarnamio, kuriame gyvena didieji. Jo pritarimas buvo reikalingas tolesniam kūrinio publikavimui. Pakeliui pas mane ateina idėjos ir aš įsivaizduoju, kad jas jam paminėčiau. Aš geriau apie tai galvoju ir galų gale atsisakiau idėjos, nes majoras buvo sunkus žmogus ir apskritai nepriėmė pasiūlymų. Nueinu dar kelis žingsnius ir pagaliau ateinu į rezidenciją. Kai užsikabinu, graži mergina ateina manęs pasveikinti.

"Ko tu nori, pone?

"Atėjau pasikalbėti su majoru.

"Jo čia nėra. Ar galite ateiti kitą kartą?

"Jokių problemų. Ar galiu su jumis pasikalbėti? Tu esi misis Kristina, ar ne?

"Taip. Mano vardas Aldivan ir aš esu " Sostinės laikraštis " reporteris. Aš dirbu tavo tėvui.

"O, mano tėvas yra kalbėjęs apie tave. Jūs darote straipsnius apie jį, ar ne?

"Taip. Be to, mane domina jūsų istorija. Ar galėtume kalbėtis minutę?

"Mano istorija? Manau, kad tai jums nerūpi.

"Primygtinai reikalauju. Aš galiu padėti jums atrasti save. Duok man galimybę.

Staiga Kristinos akys užsifiksuoja ant mano ir mūsų minties grandinės susijungia. Po kelių akimirkų ji turi galimybę šiek tiek geriau mane pažinti. Ji šiek tiek pagalvoja ir nusprendžia.

"Gerai, aš gausiu dvi kėdes, kad galėtume atsisėsti čia, verandoje.

Ji įeina į namus ir netrukus po to grįžta. Ji sėdi šalia manęs ir aš galiu užuosti jos nuostabiai natūraliai kvepiančius kvepalus.

"Na, Kristina, mano dėmesį patraukė žinia, kurią neseniai perskaičiau laikraštyje "Recife". Tai kalbėjo apie tragediją ir apie jus kaip asmenį.

"Tai, kas parašyta, yra tiesa ir apie tai buvo pranešta per visą Pernambuco. Aš esu monstras! Aš esu monstras! Baigiau to berniuko gyvenimą. Jis buvo tos situacijos auka, kaip ir aš. Dabar, po tragedijos, esu vienas ir visi bėga nuo manęs. Nebeturiu draugų, net Dievo. Aš esu uolos dugne.

"Nesakyk to, Kristina. Jei jaučiatės kalti, tada sustokite, nes tai, kas įvyko, buvo niūrus blogio jėgų, kurioms atstovavo Clemilda, sąmokslas. Jie paėmė viską iš tavęs, net iš tavo Dievo. Jei reaguosite, gali būti vilties.

"Iš kur jūs visa tai žinote? Kas tu iš tikrųjų esi?

"Jei dabar pabandyčiau jums tai paaiškinti, jūs nesuprastumėte. Noriu, kad žinotumėte, jog manyje jūs turite puikų draugą amžinai. Jūs jau nebe vieni.

Ašaros liejasi Kristinos veidu su mano nuoširdumu. Ji mane apkabina ir sako, kad pastaruoju metu jai trūksta meilės. Bandau iš naujo paleisti pokalbį.

"Pasakyk man, kokia buvo tavo patirtis vienuolyne. Ar ten radote Dievą?

"Taip, aš padariau. Tačiau Dievą galime rasti bet kur. Jis yra krioklio, kuris nusileidžia, vandenyje, visiškai pristatytas į paskirties vietą, Jis gieda paukščius dienos metu, ir Jis yra motinos, kuri saugo savo sūnų, gestu. Šiaip ar taip, jis yra mūsų viduje ir prašo būti nuolat girdimas. Kai tai supratau ir išmokau jo klausytis, supratau, kad mano pašaukimas nėra būti vienuole. Supratau, kad galiu Jam tarnauti kitais būdais.

"Žaviuosi jumis dėl šio gesto ir sutinku su jūsų apibrėžimu. Kiek žmonių apgaudinėja save visą savo gyvenimą ir pasiduoda gyvenimo keliams, kurie nėra skirti jiems. Kartais tai atsitinka tėvų, visuomenės įtakoje ar tiesiog nežinant, kaip įsiklausyti į tą vidinį balsą, kurį mes visi turime ir kurį jūs vadinate Dievu. Kadangi nusprendėte palikti religinį gyvenimą, manau, kad radote meilę.

"Taip, bet nenoriu apie tai kalbėti. Tai vis dar labai skauda, tragedija ir visi įvykiai prieš ją.

Pasiryžau gerbti Kristinos tylą ir nedrįstu jos nieko daugiau neklausti. Atsisveikinu ir klausiu, ar galėtume pasikalbėti kada nors kitu metu. Ji sako "taip" ir tai mane džiugina. Mano pirmasis susidūrimas su Kristina buvo sėkmingas.

Grįžimas į Pilį

Po pirmojo susitikimo su Kristina nusprendžiau vėl susidurti su galinga burtininke Clemilda. Ji turėjo žinoti, kad gėrio jėgos veikia ir kad Blogio ministerija eina į pabaigą. Turėdamas tai omenyje, vėl einu į baisią juodą pilį. Jis turi tą patį aspektą, kaip ir laikas prieš tai, ir aš pradedu drebėti, kvėpuoti netaisyklingai ir mano širdis buvo gana pagreitinta. Kokia tai buvo mistika?

Manyje šaukė "priešingos jėgos". Priartėdami, neramūs ir sutrikę balsai bando mane atitraukti nuo savo kelio. Atsiklaupiu ant grindų ir bandau išvalyti mintis, kad galėčiau tęsti. Balsai tikrai stiprūs. Pradedu prisiminti globėjo mokymus, iššūkius ir urvą. Taip pat prisimenu savo meditaciją ir kaip ji man padėjo. Pritaikau tai, ką išmokau, ir pradedu jaustis geriau, ir galiu tęsti. Atsikeliu ir nueinu paskutinius žingsnius, pagaliau atvykdamas. Įėjimo durys akimirksniu atsidaro ir be baimės einu pro jas. Siaubo scena prieš tai kartojasi, bet daugiau į ją nekreipiu dėmesio. Tvirtas ir ryžtingas, einu į prieškambarį, kur mane pasitinka Totonho, vienas iš Clemilda bičiulių. Jis siunčia mane į kambarį. Viduje, centre, yra Clemilda, dėvinti gobtuvą.

"Kam aš esu skolingas kito Regėtojo vizito garbę? Ar atėjote pasveikinti darbo, kurį atlieku šioje kaimiškoje vietoje?

"Nepradėk nuo manęs. Jūs žinote, net labiau nei aš, kad "priešingų jėgų" disbalansas kelia grėsmę Mimoso ir net visatai. Noriu, kad kuo greičiau išeitumėte iš čia. Įskaudinimo, kurį sukėlėte žmonėms, ypač jaunai merginai, vardu Kristina, yra per daug. Džiaugiuosi, kad su ja susidraugavau ir pradedu versti ją matyti savo likimą.

"Abejoju, ar sugebėsite ją įtikinti būti pasitikinčia savimi, visiškai be kaltės, jauna mergina. Tragedija paveikė jos jausmus ir jausmus. Apie "priešingas jėgas" tu teisus, bet nebus lengva mane iš čia išvesti. Siūlau sudaryti sandorį. Jei įtikinsite Kristiną iš tikrųjų pakeisti savo kursą ir jei per tris skirtingas dienas įveiksite tris iššūkius, turėsite teisę į paskutinę kovą. "Priešingos jėgos" susitiks ir susidurs viena su kita, o kas laimės, valdys amžinybę.

"Mūšis? Argi ne pavojinga? Visatai gresia išnykimas, jei kas nors nutiks ne taip.

"Jūs neturite kito pasirinkimo. Tai paimk arba palik. Ar tikrai norite išgelbėti Mimoso? Tada susidurkite su "Tamsos" jėga. "Sandoris. Aš tai padarysiu.
Tai pasakęs, išėjau iš kambario ir ieškojau išėjimo. Tarp "priešingų jėgų" netrukus prasidėjo karas ir aš buvau vienas pagrindinių šios konfrontacijos veikėjų. Nežinojau, kas nutiks, bet buvau pasiryžęs padaryti bet ką, kad panaikinčiau "priešingų jėgų" disbalansą ir padėčiau Kristinai.

II žinutė

Susitikimas su Clemilda man pranešė, kad turiu nedelsdamas imtis veiksmų ir įgyvendinti savo planą. Buvo paskelbtas karas tarp "priešingų jėgų" ir aš jame turėjau pagrindinį vaidmenį. Taigi, nusprendžiau parašyti raštelį, adresuotą Kristina, kviesdamas ją į kitą susitikimą. Po to, kai ją parašiau, paskambinau Renato ir paprašiau, kad jis perduotų raštelį į jos rankas. Jis paėmė ir nedelsdamas išėjo. Maždaug po dvidešimties minučių jis grįžo ir kartu su savimi atsinešė atsakymą. Atsargiai griebiu popierių ir lėtai jį atidarau, tarsi bijočiau atsakymo. Jame yra tokia žinutė: Susipažinkite su manimi 7:00 am prie kelio į Climério. Džiaugiuosi išgirdęs, kad ji priėmė kvietimą ir mano viltis susigrąžinti jos augimą. Ji buvo pagrindinė veikėja kovoje su mums besipriešinančia jėga.

Kelionė į Climério

Susitikimo diena pagaliau buvo čia. Atsikeliu ir susitariu dėl tinkamiausios strategijos, kuri bus naudojama susitikime.

Einu į vonios kambarį ir išsimaudau, išsivalau dantis ir einu pusryčiauti. Atlikęs visus šiuos žingsnius, esu pasirengęs išeiti ir surasti Kristiną. Susitikimo vieta, kurią gerai pažinojau. Tai buvo Climério mieste, esančiame į rytus nuo Mimoso. Nusiteikęs, su kuriuo buvau pabudęs, pradedu eiti link susitikimo vietos. Tai buvo praeityje 7:00 am ir būtent tuo metu Kristina jau turėjo išeiti iš savo namų. Į galvą ateina prisiminimas apie mūsų pirmąjį susitikimą ir kažin, ar Kristina manimi jau pasitiki, nes pirmosiomis interviu akimirkomis ji buvo daug atsitraukusi. Na, nenuostabu. Buvau svetimšalė, nepažįstamoji, kuri pasirodė puikiai išmananti savo gyvenimo detales. Tai daro precedento neturintį poveikį. Džiaugiuosi, kad aiškiai pasakiau, jog noriu būti jos drauge, ir matydama, kaip ji pastaruoju metu jaučiasi itin vieniša, ji priėmė, bent jau laikinai, mano patarimą ir mano patarimą. Dabar buvau pasiruošęs antram etapui, kuris buvo pats svarbiausias.

Kurį laiką einu ta pačia kryptimi ir toliau matau Kristinos figūrą. Iškart pradedu bėgti su ja susitikti.

"Kaip tu, Kristina? Ar turėjote gerą naktį?

"Nuo tada, kai įvyko tragedija, gerų naktų neturėjau. Visada svajoju apie savo santuoką ir viską, kas ten įvyko. Nežinau, kiek laiko taip gyvensiu.

" Reikia jį paleisti, Kristina. Pamirškite kaltę ir gailestį, nes jie jums tik kenkia. Supratau, kad gyvenime turime gyventi dabarties akimirkoje ir pamiršti savo skaudžią praeitį. Geri laikai yra tie, kuriuos turėtume prisiminti, kad sustiprintume save ir toliau vaikščiotume aukštai iškelta galva.

"Tai tik žodžiai. Skausmo, kurį jaučiu viduje, vis dar per daug.

"Vieną dieną jūs tai įveiksite. Esu tuo tikras. Na, Kristina, aš turiu apie ką rimtai su tavimi pasikalbėti. Būtent apie šią raganą

Clemilda, kuri pasitelkė tamsos galias, kad užvaldytų Mimoso kaimą. Nuo to laiko ji buvo atsakinga už tragediją ir visus kitus blogus įvykius. Aš su ja susidūriau ir esu pasiryžęs nutraukti jos valdymą. Atsakydama ji man pasiūlė sandorį. Dabar man reikia surinkti "gėrio pajėgas" mūšiui. Ką jūs sakote? Ar esate pasirengęs mane apginti šioje kovoje?

"Nežinau, ar esu pasiruošęs. Clemilda yra Gerusa pusseserė, o Gerusa man praktiškai buvo mama. Žinau, kad ji bloga ir aš visiškai prieštarauju jos veiksmams. Kita vertus, ji praktiškai yra šeima. Tai "priešingos jėgos", kurios supainioja mano širdį ir palieka man abejonių.

"Suprantu. Turiu jums priminti, kad jūs turite pagrindinį vaidmenį būsimame kare. Prieš priimdami sprendimą, pagalvokite apie žmones, apie krikščionybę ir apie save.

"Pažadu, kad apie tai pagalvosiu. Norite man dar ką nors pasakyti?

Manau, kad likus kelioms akimirkoms iki atsakymo ir kažin, ar ji tikrai pasiruošusi. Nusprendžiu rizikuoti.

"Taip, visa tiesa. Kristina, daugelį metų buvau jauna svajotoja ir kupina vilties. Tačiau, nepaisant visų mano pastangų, negalėjau pasiekti savo tikslų. Trejus savo gyvenimo metus praleidau visiškai apleistas: neturėjau darbo ir nesimokiau. Buvimas uolos dugne atvedė mane į krizę, kuri mane beveik nuvedė į beprotybę. Per šią krizę bandžiau priartėti prie Kūrėjo, kad gaučiau šiek tiek ramybės ir paguodos. Tačiau kuo daugiau primygtinai reikalavau, tuo mažiau gavau atsakymus. Taigi, bandžiau pasislėpti, ieškodamas išgydymo ir atsakymų. Nuėjau į seansą ir jie man pažadėjo, kad galėsiu pasveikti ir būti laiminga. Savo ruožtu turėčiau keisti religijas ir daryti būtent tai, ką jie sakė. Tą dieną ir tą valandą, kai grįžau atgal į šią vietą, gavau atsakymą, kad Dievas manimi rūpinasi. Jis pasiuntė savo Angelą ir perspėjo mane negrįžti atgal, kad nerasiu to, ko labai ilgėsi - laimės ir išgydymo. Taigi, įsiklausiau į įspėjimą ir nedrįsau ten grįžti. Pamačiau gydytoją ir jis pasakė, kad mano atvejis nėra rimtas, kad tai buvo paprastas nervų sutrikimas. Taigi, aš išgėriau šiek tiek vaistų ir pagerinau. Dievas pasinaudojo tuo gydytoju, kad man padėtų. Kiek kartų jis tai daro mums net nesuvokiant. Per krizę pradėjau rašyti, kad šiek tiek pasilinksminčiau, kaip terapiją. Tada supratau, kad turiu talentą, kurio niekada nepastebėjau. Po krizės įsidarbinau ir grįžau į mokyklą. Tuo pat metu manyje augo noras būti rašytoju ir bendrauti su žmonėmis. Štai tada ir išgirdau apie Ororubá kalną, šventąjį kalną. Jis tapo šventas dėl paslaptingo šamano mirties, o jo viršuje yra didingas urvas, vadinamas nevilties urvu. Jis gali įgyvendinti bet kokią svajonę, jei tik jis yra tyras ir sąžiningas. Taigi, nusprendžiau susipakuoti ir leistis į kelionę į kalną. Atsisveikinau su šeima, bet jie nesuprato mano svajonės. Nepaisant to, išėjau. Turėjau tikėti savo talentu ir potencialu. Taigi, užkopiau į kalną ir sutikau globėją, senovinę dvasią. Su jos mokymais man pavyko įveikti iššūkius, kurie buvo mano bilietas į urvą. Tačiau istorija dar nebaigta. Nevilties urvas niekada neleido niekam per jį įgyvendinti savo svajonių. Visi, kurie bandė, buvo apibendrintai panaikinti. Tačiau turėjau svajonę, o rizikuoti savo gyvybe man nebūtų kliūtis. Nusprendžiau įeiti į urvą. Pradėjau į jį eiti ir netrukus pasirodė pirmieji spąstai. Man pavyko jų visų atsikratyti ir netrukus po to aptikau trejas duris. Jie reiškė laimę, nesėkmę ir baimę. Išsirinkau tinkamas duris ir žengiau į urvą. Tada radau karys ir su savo kovos menais jis bandė mane sunaikinti. Patirtis atvedė mane į pergalę ir aš nukritau karys. Tada dar labiau pažengiau į urvą ir radau labirintą. Įėjau į jį ir pasiklydau. Štai tada turėjau idėją ir man pavyko rasti savo išeitį. Tada radau veidrodžių rinkinį. Šis scenarijus privertė mane susimąstyti ir padėjo atrasti save. Taigi, stūmiau šiek tiek toliau į urvą. Trumpai tariant, man pavyko paankstinti visus urvo scenarijus ir jis pamatė, kad privalo patenkinti mano norą. Tapau Regėtoju ir keliavau atgal laiku, sekdamas balsu, kurio nežinojau. Šis balsas buvo tavo, Kristina, ir aš esu čia, kad tau padėčiau.

"Tai daug informacijos vienu metu. Nežinau, ar tu išprotėjai, ar aš prarandu protą, kad tai išgirdau. Aš jau buvau girdėjęs apie urvą ir jo nuostabias galias, bet niekada neįsivaizdavau, kad kažkas įėjo ir įveikė jo ugnį. Turiu šiek tiek pagalvoti ir apmąstyti viską, ką išgirdau.

" Pagalvok, Kristina, bet neužtruk per ilgai. Mano laikas čia bėga ir man reikia įvykdyti savo misiją.

"Pažadu netrukus pateikti jums atsakymą. Na, dabar man reikia baigti vaikščioti ir grįžti namo.

Atsisveikinu su Kristina ir grįžtu į viešbutį. Aš padariau savo dalį, dabar viskas, kas liko, buvo atsakymas. Mano viltys buvo likimo rankose ir aš nežinojau, kuriuo keliu tai nurodė. Karas tarp "priešingų jėgų" netrukus įvyks, o Kristina atsakas būtų lemiamas veiksnys.

Sprendimas

Artėjantis karas tarp "priešingų jėgų" manęs jokiu būdu nepaliko užtikrinto. Niekada nebuvau dalyvavęs tokio tipo konkurse ir tai būtų unikali patirtis. Norėdamas palengvinti savo širdį ir protą, išeinu iš viešbučio ir nukreipiu save į šventojo Sebastiano koplyčios griuvėsius, kurie yra labai arti. Pakeliui svarstau, su kokiais iššūkiais susidursiu ir ar jie bus tokie pat sunkūs, kaip ir kliūtys urve. Na, aš daryčiau viską, kas mano galioje, kad laimėčiau bet kokių sunkumų įkarštyje. Mano mintys pakyla ir aš galvoju apie savo svajonę ir kiekvieną kliūtį, kurią ji sukelia. Kažin, ar savo knygai gaučiau komercinę leidyklą. Ar to paties užtektų, kad knyga pasiektų sėkmę? Aš labai gerai žinau, kad urvas man iš tikrųjų padėjo, bet neišspręs visų mano problemų. Tikėjausi, kad urvas yra tik ilgos ir energingos literatūrinės karjeros pradžia. Tačiau man ne laikas dėl to jaudintis. Turėjau svarbesnių dalykų, kuriuos turėjau padaryti. Turėčiau suvienyti "priešingas jėgas" ir padėti Kristinai atsitiesti. Šie tikslai priartina mane prie griuvėsių ir po kelių akimirkų paliečiu krikščionybės simbolio liekanas. Ieškau nukryžiuotojo, kuris liko nepaliestas, o jį palietęs pradedu daugiau suprasti apie savo religiją ir jos įkūrėją. Jis atidavė save už mus vien dėl meilės, kurios mes negalime suprasti. Meilė tokia didelė, kad galėjo daryti stebuklus. Štai ko man reikėjo: stebuklas.

Ruošiausi susidurti su nežinomomis jėgomis, kurios maitinosi egoizmu, priklausomybėmis, silpnybėmis ir žmogaus neapykanta, jėgomis, galinčiomis sugriauti žmogaus gyvybę. Dar kartą žiūriu į nukryžiuotąjį ir jis pripildo mane drąsos. Buvo nugalėtojo pavyzdys. Jis taip pat buvo svajotojas, kaip ir aš, ir jo mokymai užkariavo pasaulį. Jis mokė mus mylėti ir gerbti kitus ir tai buvo žinia, kurią skelbdavau savo kasdienybėje. Apsidairau aplinkui į viską, kas yra šalia manęs: matau žmones, mėlyną dangų ir toli, horizontą. Negalėjau nuvilti nei jų, nei savęs. Su visa jėga krūtinėje šaukiu:

"Aš pasiruošęs!

Žemė pradėjo drebėti ir per kelias sekundes jaučiuosi išplėšta iš tos vietos, kur buvau. Mane veda plaukai, o akimirkos emocija užgožia mano regėjimą, viskas tamsu ir tuščia.

Patirtis dykumoje

Aš ką tik pabudau ir atsikeliu, kad tiksliai žinočiau, kur esu. Žiūriu į keturias puses ir matau tik smėlį ir dangų. Jaučiausi taip, lyg būčiau vidury dykumos. Ką aš čia veikiau? Koks tai buvo pokštas? Akimirksniu atsidūriau prie koplyčios griuvėsių (Mimoso), o kitoje buvau šioje tamsioje, tuščioje vietoje. Pradedu vaikščioti, kažko ieškoti. Kas žino, gal rasiu oazę ar žmogų, kuris galėtų mane vesti ir tiksliai pasakyti, kur esu. Vienatvės jausmas didėja kiekvieną minutę, nepaisant mano įsitikinimo, kad mane visada lydi angelas. Šiomis akimirkomis galiausiai sau primenu, kaip svarbu turėti draugų ar žmogų, kuriuo galėtum pasitikėti. Pinigai, socialinė poveikis, tuštybės, sėkmė ir pergalė yra beprasmiški, jei neturite su kuo tuo pasidalinti. Aš ir toliau vaikštau, o prakaitas pradeda lašėti, alkis pradeda mane kankinti, taip pat ir troškulys. Jaučiuosi pasimetusi, kaip ir urvo labirinte. Kokią strategiją dabar naudočiau? Oazė gali būti bet kur. Šiek tiek sustoju. Turėčiau atgauti jėgas ir kvėpuoti. Dar nebuvau pasiekusi savo ribų, bet jaučiausi gana pavargusi. Į galvą ateina žygis stačiais laiptais, tas, kuris yra Malonės Dievo Motinos šventovėje, globėjų vietoje, santvarose. Buvau tik vaikas ir kopimo pastangos man kainavo labai daug. Atvažiavęs į viršūnę, patekau į saugią vietą, bijodamas nukristi nuo stataus kalnagūbrio. Mano mama uždegė žvakę ir sumokėjo už duotą pažadą. Šventovę aplankė daugybė turistų ir toje vietoje ji įgavo Mergelės Marijos išvaizdą.

Istorija buvo tokia: 1936 m. banditas Virgulino Ferreira, "Žibintas", ir jo gauja važiavo per Pesqueira, kur įvykdė žiaurumus prieš vietinius ūkininkus. Marija nuo šviesos paklausė Conceição, ką ji darytų, jei žibintas tą akimirką ten pasirodytų. Mergaitė buvo pasakiusi: "O mano, aš turėčiau sugalvoti būdą, kaip šis piktadarys negalėtų mums pakenkti". Štai tada, žiūrėdami į kalnų keterą, jie pamatė moters formos vaizdą. Apsireiškimas pasikartojo kitomis dienomis ir žinia pasklido po visą regioną. Vatikanas yra prisipažinęs, kad Dievo Motina malonės Akivaizdoje pasirodė Pesqueira ir dar penkiose vietose skirtingose žemės vietose. Apsireiškimas laikrodžio aikštelėje buvo vienintelis registruotas Amerikos žemyne.

Nusileidusi šventove pasijutau labiau atsipalaidavusi ir pasitikinti savimi. Taip jausčiausi radęs oazę. Grįžtu į savo pasivaikščiojimą ir galvoje turiu klausimą, kuris neišeis iš galvos. Kur buvo iššūkis? Man nebuvo prasmės toliau vaikščioti be atsakymų. Kadangi buvau nuvykęs į šventąjį kalną, įveikiau iššūkius ir įžengiau į urvą, turėjau planą ir tikslą. Dabar buvau nedrąsus ir be krypties. Pradedu mąstyti apie dangų ir matau keletą paukščių. Man į galvą šauna puiki mintis ir aš nusprendžiu juos sekti taip, kaip tai padariau su šikšnosparniu urve. Po trisdešimties minučių iki gaudynių pamatau ežerą, kuriame paukščiai nusileidžia, ir mano viltis grąžinama su didesne jėga. Aš prie ežero ir pradedu gerti jo vandenį. Aš šiek tiek geriu, bet blogas skonis verčia mane sustoti. Taigi, šiek tiek sėdžiu prie ežero, kad pailsinčiau kojas ir kojas, kurios buvo pavargusios nuo kelionės. Po akimirkos ranka paliečia mano petį ir aš atsisuku atgal. Globėjas, kurį sutikau ant kalno, buvo tiesiai priešais mane.

"Tu, čia? Aš to nesitikėjau.

"Mano sūnau, tu atrodai šiek tiek pavargęs. Ar nenorite eiti namo? Jūsų šeima jūsų labai pasiilgsta.

"Negaliu. Turiu įvykdyti savo misiją. Tai buvo ta pati ponia, kuri pasiuntė mane į Mimoso, kad suvienytų "priešingas jėgas" ir padėtų Kristina.

"Pamirškite savo misiją. Jūs neturite jėgų nugalėti savo priešininko. Atminkite, kad net jūsų šeimininkas Jėzus Kristus žuvo ant kryžiaus už tai, kad nepakluso Velniui.

"Jūs klystate. Jėzus Kristus išėjo to ginčo nugalėtoju, o kryžius yra jo pergalės simbolis. Palaukti, palauk. Jūs niekada taip nekalbėjote. Kas tu? Esu tikras, kad jūs nesate globėjas, nepaisant jūsų išvaizdos.

Moteris davė sarkazmo šauksmą ir dingo. Taigi, tai buvo tik vizija, norinti su manimi susipykti. Turėčiau būti labai atsargus su išvaizda. Aš lieku sėdėti be jokių idėjų, kaip palikti tą didelę ir tuščią vietą. Aš tik jaučiu, kaip mano širdis dreba, kojos trūkčioja, o pasąmonė sako, kad tai dar nesibaigė. Ko trūko? Aš jau pavargau nuo šio iššūkio. Žiūriu į horizontą ir tolumą. Matau, kad kažkas artėja. Ar tai buvo daugiau nei tik vizija? Turėčiau būti atsargus. Kai priėjau arčiau, išsigandau ir negalėjau tuo patikėti. Žmogus mane apkabina ir aš jį grąžinu, nepaisydamas nepasitikėjimo.

" Ar tu tikrai mano mama? Kaip čia atsidūrėte?

"Aš esu. Globėjas padėjo man tave surasti. Kai tu išėjai, aš nuėjau į kalną, nes labai jaudinausi. Taigi, radau globėją ir ji mane vedė.

"Palauk. Turiu turėti įrodymą, kad tu tikrai esi mano mama. Koks buvo mano mėgstamos katės vardas ir kokį slapyvardį man davė mano sūnėnai?

"Tai lengva. Jūsų mėgstamos katės vardas buvo Pecho, o jūsų slapyvardis yra dėdė Divinha.

Atsakymas mane nuramina ir aš ją apkabinu. Man labai reikėjo žmogaus, pažįstamo toje dykumoje.

"Ką tu čia veiki?

"Esu čia tam, kad įtikinčiau jus viso to atsisakyti. Jūs rizikuojate dideliu pavojumi šioje dykumoje. Nagi. Neturėjau leisti tau išeiti iš namų.

"Negaliu. Turiu atlikti misiją. Man reikia suvienyti "priešingas jėgas" ir padėti Kristinai. Be to, turiu viską dokumentuoti knygoje, kad galėčiau pradėti savo literatūrinę karjerą.

"Ši jūsų misija yra beprotiška. Jūs negalite nugalėti tamsos jėgų ir negalite išleisti knygos. Kiek kartų turiu pasakyti, kad knygų rašymas neduos jums jokių rezultatų? Tu vargšas ir nežinomas. Kas juos pirks? Be to, jūs neturite talento.

"Jūs visiškai klystate. Galiu suvienyti "priešingas jėgas" ir įgyvendinti savo svajonę. Negaliu patikėti, kad tu esi mano mama, nors ji manęs taip pat neskatino. Žinau, kad ji turi vilties spindulėlį, kad tikrai tapsiu rašytoja. Aš turiu talentą, kitaip nebūčiau įėjęs į urvą prašyti kalno paversti mane Regėtoju.

Akimirksniu mano mama tapo šviesios spalvos vyru ir ugnies akimis. Buvau šiek tiek šokiruota, bet įtariau, kad tai ne ji. Vyras pradėjo suktis aplink mane.

"Regėtojas, Dievo Sūnus. Ar kada pagalvojote, ką reiškia visi šie vardai? Aiškiaregystė yra dovana, padedanti asmeniui pažinti ateitį arba turėti tikslią supratimą apie tai, kas vyksta kitur. Jūs neturite šių sugebėjimų. Tiesą sakant, tai, ką turite, yra nepakankamai išvystyta aiškiaregystė. Jums gana pretenzinga teigti, kad esate galingas psichikas. Kalbant apie tai, kad tu esi

Dievo Sūnus, tai yra didelis pokštas. Ar neprisimenate klaidų, kurias padarėte tokioje dykumoje kaip ši? Ar manote, kad Dievas jums atleido? Kaip tada jūs turite nervų vadinti save Dievo Sūnumi? Man tu esi labiau velnias nei Dievo sūnus. Teisingai. Tu esi Velnias, kaip ir aš!

"Galbūt nesu galingas psichikas, bet gaunu žinučių iš Kūrėjo. Jis man sako, kad turėsiu šviesią ateitį. Aš ją kuriu kiekvieną dieną savo darbe, studijose ir knygose, kurias rašau. Kalbant apie mano klaidas, aš jas pažįstu ir paprašiau atleidimo. Kas nedaro klaidų? Susikoncentravau į tapimą nauju žmogumi ir pamiršau visą savo praeitį. Gaunu žinią, kad Dievas laiko mane savo sūnumi ir aš tuo tvirtai tikiu. Kitaip jis nebūtų manęs tiek kartų išgelbėjęs.

Ašarų pilnomis akimis žiūriu į visatą ir atsuku nugarą savo kaltintojui. Aš stipriai verkiu.

"Aš ne velnias! Aš esu žmogus, kuris vieną dieną atrado, kad turiu begalinę vertę Dievui. Jis išgelbėjo mane nuo krizės ir parodė kelią. Dabar noriu likti su juo ir išpildyti save, kad ir kokias kliūtis ir sunkumus turiu įveikti. Jie mane subrandins ir aš tapsiu geresniu žmogumi. Būsiu laimingas, nes visata tam sąmokslauja.

Velnias šiek tiek atsitraukė ir tarė:

"Mes vėl susitiksime, Aldivan. Karas tarp "priešingų jėgų" tik prasideda. Galų gale išeisiu nugalėtojas.

Tai pasakius, jo nebeliko. Tuoj po to vėl mane užvaldo. Per kelias sekundes atsiduriu ankstesniame scenarijuje, vėl po koplyčios griuvėsiais. Aš iš karto pasiryžau grįžti į viešbutį pailsėti ir atgauti jėgas bei dvasią. Pirmasis iššūkis buvo baigtas, dabar liko tik du.

Tamsos garbintojai

Kitą dieną grįžtu į tą pačią vietą, kur buvau nuvestas į pirmąją patirtį. Nesąmoningai manau, kad tai yra vartai į iššūkius. Kai žiūriu į griuvėsius, jaučiu, kaip mano širdį sudrasko vietos nuniokojimas. Tikrąjį kelią užtemdė nedora ir iškreipta ragana. Dabar mano darbas buvo subalansuoti "priešingas jėgas" ir atnaujinti toje vietoje prarastą taiką. Pasiruošęs, pakartoju slaptažodį iš dienos prieš ir vėl esu vežamas. Atsiduriu keistoje ir tamsioje vietoje, kur atliekamas ritualas. Yra apie dešimt žmonių, išdėstytų ratais, murmančiais žodžius man nežinoma kalba. Viduryje vyras pritūpęs, o kiti pila skystį su nepakeliamu kvapu ant galvos. Po akimirkos ant jo galvos išauga du ragai ir jo veidas tampa baisiai atrodantis. Jis pamato mane ir atsistoja. Jis prieina, paima kardą ir meta į mane dar vieną. Nervinuosi, nes nebuvau įpratusi elgtis su ginklais.

Jis pašaukia mane kovoti ir pradeda smogti keletą smūgių. Bandau juos užblokuoti savo kardu ir tai darau beveik stebuklu. Jis ir toliau puola, o aš ginuosi. Pradedu stebėti jo judesius, kad galėčiau vėliau reaguoti. Jis yra gana greitas ir sumanus. Pamažu pradedu kovoti ir jis atrodo nustebęs. Vienas iš mano judesių jį skaudina, bet jis vis tiek atrodo nenuilstantis. Taigi, aš pasiryžau kreiptis. Kreipiuosi į jį ir jam nepastebėjus, ruošiuosi finalinei atakai. Kardas padeda man jį išbalansuoti ir sugniaužtais kumščiais pataikiau jam viskuo, ką turiu. Jis krenta ant žemės, be sąmonės. Tuo pačiu metu mane veža į koplyčios griuvėsius. Antrasis iššūkis buvo sutiktas.

Turėjimo patirtis

Trečioji diena pagaliau buvo čia. Vėl einu į koplyčios griuvėsius. Trečioji patirtis buvo pažymėta ir aš negalėjau ilgiau laukti. Kas manęs laukė? Tikrai nežinau, bet jaučiausi pasiruošęs viskam. Prie to labai prisidėjo globėjas, iššūkiai ir urvas. Dabar buvau Regėtojas ir nebegalėjau bijoti. Pasitikintis savimi ir ramus kartoju slaptažodį iš dienos prieš tai. Užklumpa šaltas vėjas, dreba kūnas ir nepaliaujami balsai pradeda mane trikdyti. Akimirksniu mano sąžinė nunešama į protą ir ten atvykus išgirstu, kaip kažkas beldžiasi į duris. Pasiryžau į jį atsakyti. Atidarius duris, įeina šviesios spalvos subjektas, plonas, medaus spalvos akimis ir erškėčių vainiku ant galvos.

" Kas tu esi?

"Aš esu Jėzus Kristus. Ar neatpažįstate mano karūnos? Būtent su juo jie sužeidė man galvą.

"Ką tu čia veiki, mano galva?

"Aš atėjau tavęs užvaldyti. Jei sutiksite, aš padarysiu jus galingiausiais ir talentingiausiais iš vyrų.

" Iš kur man žinoti, kad tu esi tas, kas, sakai, esi? Noriu įrodymų.

"Tai lengva. Jūs esate dvidešimt šešerių metų jaunuolis, tylus, gražus ir labai protingas. Jūsų svajonė yra tapti rašytoju, todėl leidotės į kelionę į kalną, kuris, kaip visi teigia, yra šventas. Jūs sutikote globėją, jauną mergaitę, vaiduoklį, berniuką, nugalėjote iššūkius ir įžengėte į pavojingiausią urvą pasaulyje. Vengdami spąstų ir tobulėdami scenarijus, jūs laimėjote. Taigi, tai išpildė jūsų svajonę ir pavertė jus Regėtoju. Tačiau urvas buvo tik vienas žingsnis jūsų dvasiniame augime. Dabar jums reikia, kad aš tęsčiau kelią.

Taigi, jūs tikrai esate Jėzus Kristus. Tačiau nežinau, ar noriu, kad kas nors būtų mano galvoje. Sunku priprasti prie balso, kuris mane visą laiką veda. Tu negali man padėti iš Dangaus? Man būtų patogiau.

"Jei aš čia nepasiliksiu, tu tapsi nesėkme. Greitai nuspręskite: ar norite būti žmogumi, ar norite būti Dievu? Jei pasirinksite antrąjį variantą, aš priversiu jus skristi, vaikščioti ant vandens ir daryti stebuklus.

"Netikiu. Vėlgi, man reikia įrodymų.

Aš pasuku savo kūną į salpą, kur upė eina per Mimoso. Norėjau turėti tikrą įrodymą, kas su manimi vyksta. Atvykęs prie upės bandau žengti pirmuosius žingsnius ant vandens. Jį pervažiavus, man parodomas jo apgaulės įrodymas. Buvau apgautas.

-"Monstras! Jūs nesate Jėzus Kristus! Išeik iš mano proto dabar, aš tau įsakau!

Žmogus buvo paverstas būtybe su ragais ir ilga uodega. Stiprus vėjas ėmė pūsti virš jo ir stumtelėjo tiesiai prie mano proto įėjimo durų. Jis išeina ir durys uždarytos. Mano sąžinė grįžta į normalią būseną ir aš jaučiuosi geriau. Patirtis išnaudojo mano jėgas, todėl pasiryžau iškart grįžti į viešbutį su trečiuoju sutiktu iššūkiu. Dabar man tereikėjo įtikinti Kristiną ir išvykti į paskutinę kovą.

Kalėjimas

Atvykęs į viešbutį stebiuosi, kad yra delegatas Pompeu ir jo pavaldiniai.

"Na, žiūrėk, kas atvažiavo, tik ko mes tikėjomės. Pone Regėtojai, jūs, pone, esate suimtas. (Pompeu)

"Kaip? Kas yra kaltinimas?

"Jis yra įkalintas karalienės Clemilda įsakymu ir to pakanka. Greitai pavaldiniai man uždėjo antrankius. Pasipiktinimo ir pykčio mišinys užpildo visą mano esybę. Tamsos jėgos naudojosi savo paskutine išeitimi, kad užkirstų kelią gėrio triumfui. Įkalintas aš nieko negalėjau padaryti ir su šiuo Mimoso bus prarastas. Kas nutiktų "priešingoms jėgoms" ir Kristinai? Būtent šią akimirką jau buvau praradusi bet kokią viltį. Jie liepė man vaikščioti ir būtent tai aš darau. Pakeliui į stotį į galvą ateina visos neteisybės, kurias patyriau savo gyvenime: prastai pataisytas testas, nežmoniškas viešas palydovas, blogas išbandymas ir kitų nesupratimas. Visose šiose situacijose jaučiausi taip pat: nusivylęs. Nukreipiu savo dėmesį į delegatą ir klausiu jo, ar jis nejaučia gailesčio. Jis sako, kad to nedaro, bet jei neįvykdytų įsakymo, nes tikrai prarastų darbą. Suprantu jo mintį ir nebeturiu klausimų. Kažkada vėliau atvykstame į savo kelionės tikslą. Jie nuima mano antrankius ir paguldo mane į kamerą, kurioje yra keletas kitų kalinių. Pirmąją naktį praleidžiu visiškai užrakinta.

Dialogą

Per trumpą laiką randu būdą, kaip pritapti prie kitų kalinių. Jie ten yra dėl kelių priežasčių: vienas už viščiukų vagystę, kitas už atsisakymą mokėti mokesčius, o kai kurie dėl to, kad nebalsavo už didžiojo nominuotą kandidatą. Tarp jų yra Claudio. Pradedu su juo kalbėtis.

"Ar jau seniai čia buvote?

"Taip, ilgas laikas. Aš čia buvau nuo tada, kai majoras sužinojo, kad susitikinėju su jo dukra. Ir tu, kodėl tu kalėjime?

" Na, aš turėjau nesutarimų su ponia, vardu Clemilda. Ji įvykdė tironiją, taip užrakindama mane čia. Bet pasakyk man apie save, tu taip myli šią merginą tiek, kad rizikavai susidurti su majoru?

"Taip, aš ją myliu. Nuo tada, kai sutikau Kristiną, esu naujas žmogus. Supratau tikrai svarbius dalykus. Aš taip pat atsisakiau savo blogų įpročių ir laukinių būdų. Be jos nežinau, kas taps mano gyvenimu.

"Suprantu. Tą akimirką, kai ją sutikau, pamaniau, kad ji tikrai ypatinga. Gaila, kad jai teko išgyventi tokią tragediją.

"Apie tragediją girdėjau čia, kalėjime. Tačiau atsisakau tikėti, kad moteris, kurią myliu, yra žudikė. Jos temperamentas neatitinka šio fakto.

"Ji buvo tik dar viena raganos Clemilda auka. Šis tvarinys išbalansavo "priešingas jėgas" ir kelia grėsmę visai visatai. Taigi, liko likimo valiai, kad turėjau mane pasiųsti į šventą kalną, kur sutikau globėją, jauną mergaitę, vaiduoklį ir berniuką. Įveikiau iššūkius ir su tuo užkariavau teisę įeiti į nevilties urvą , urvą, kuris suteikia jūsų giliausias svajones. Vengdamas spąstų ir tobulėdamas scenarijus, man pavyko pasiekti pabaigą. Tada urvas pavertė mane Regėtoju ir aš laiku išvažiavau po išgirsto riksmo. Šis riksmas buvo iš Kristinos. Atvažiavęs šią dieną atsistojau prie Clemilda ir ji man metė tris iššūkius, kuriuos įveikiau. Dabar vienintelis dalykas, kurį belieka padaryti, yra įtikinti savo mylimąjį, kad jis turėtų paskutinę kovą. Tačiau dabar esu kalėjime ir tai neleidžia man imtis jokių veiksmų.

"Kokia istorija! Aš jau buvau girdėjęs apie urvą ir jo nuostabias galias, bet niekada neįsivaizdavau, kad kas nors gali jį įveikti. Tu buvai pirmas, kurį išgirdau kalbant apie tai. Žiūrėk, jei tau reikia mano pagalbos, aš esu pasiekiamas.

"Ačiū. Ar yra koks nors būdas iš čia pabėgti?

"Atsiprašau, bet nėra. Šie vartai yra labai stiprūs ir visi pastato išėjimai yra stebimi.

Claudio atsakymas mane nuliūdino. Kas taptų iš "priešingų jėgų", Kristina ir Mimoso? Kiekvieną akimirką kalėjime man vis blogėjo reikalai. Dabar vienintelis dalykas, kurį reikėjo padaryti, buvo melstis ir laukti stebuklo.

Renato vizitas

Aš ką tik pabudau ir jausmas, kurį jaučiau, tarsi viskas būtų negerai, visai nepriverčia manęs jaustis gerai. Ši vieta man netiko, nes mane paveikė didelis neigiamas krūvis. "Priešingos jėgos" šaukė mano viduje ir buvo aktyvesnės nei bet kada anksčiau. Šiek tiek vėliau vienas iš sargybinių ateina ir atidaro kamerą, kad galėtume išeiti į saulę. Įeinu į suformuotą eilę. Mes šiek tiek vaikštome ir per trumpą laiką grįžtame į kamerą. Grįžęs esu informuotas, kad kažkas manęs laukia lankomoje vietoje. Mane lydi sargybinis ir aš einu susitikti su šiuo žmogumi. Įėjęs į lankomąjį kambarį, nustebau.

"Tu? Ką tu čia veiki, berniuk?

"Aš atėjau tau padėti. Dabar atėjo laikas man įrodyti, kad esu naudingas ir kad globėjas buvo teisus siųsdamas mane lydėti jus.

"Padėkite man? Kaip?

"Nesijaudinkite. Aš jau viską suplanavau. Kai viskas vyksta, negalvokite du kartus, bėkite.

"Ką ketinate daryti? Argi ne pavojinga?

"Nieko negaliu pasakyti. Tiesiog darykite tai, ką sakau.

"Ačiū, bet nerizikuokite tiek daug tik dėl manęs. Jūs esate tik vaikas.

"Esu vaikas, bet žinau, kaip atskirti žmogaus širdį. Jaučiu, kad esi labai ypatingas žmogus.

Renato žodžiai paliečia mane ir aš jį apkabinu. Jis buvo su manimi praktiškai visą laiką nuo kelionės pradžios ir tai sukėlė meilę tarp mūsų. Aš jau jaučiausi kaip jo tėvas, bet tą akimirką jis buvo tas, kuris mane paguodė ir padrąsino. Po apkabinimo jis atsisveikina, o aš grįžtu į kamerą, lydimas sargybinio. Randu Claudio ir mes pradedame naują pokalbį. Praėjus maždaug trisdešimčiai minučių po Renato išvykimo, užuodžiu keistą kvapą, dūmai uždengia aptvarą ir visi pradeda panikuoti, taip pat ir aš. Iškviečiamas delegatas ir įsako atidaryti visus langelius. Sumaištyje prisimenu Renato patarimą ir išlindau iš policijos nuovados niekam manęs nematant, nes dūmai tokie tankūs. Išeidamas randu Renato ir mes pabėgame kartu. Grįžtame į viešbutį ir ten Karmen mus įdeda į specialų kambarį. Jame buvo požeminis įėjimas ir ten mes buvome apgyvendinti. Būčiau saugus iki paskutinės kovos.

Trečiasis susidūrimas su Kristina

Kristina pagaliau nusprendė ir norėjo vėl su manimi susitikti. Ji išgirdo, kad buvau suimtas ir šis faktas padėjo jai apsispręsti. Ji taip pat buvo pavargusi nuo neteisybės, kurią padarė jos tėvas ir piktoji burtininkė Clemilda. Tam tikru būdu ji jau kontroliavo savo "priešingas jėgas" ir tai buvo svarbiausia jos sprendime. Taigi, ji nusprendė rasti Carmen, viešbučio savininkę. Ji buvo tikra, kad Karmen kažką žino apie mano buvimo vietą. Ji susikibo rankomis prie viešbučio įėjimo ir iškart buvo prižiūrima.

"Ar tu esi ponia Carmen? Man reikia kalbėtis su tavimi Ponia.

"Taip. Užeik.

Kristina atsiliepė į kvietimą ir įėjo. Karmen nuėjo pasiimti arbatos ir sausainių. Ji grįžta su žavia šypsena.

"Ką aš galiu padaryti dėl tavęs, brangusis? (Karmen)

"Aš ieškau Aldivan, Regėtojo. Jis buvo kalėjime, bet šiandien išgirdau, kad jis pabėgo iš kalėjimo. Ar įsivaizduojate, kur jis yra? Tai svarbu.

"Neįsivaizduoju. Kadangi jis buvo suimtas, nustojau su juo bendrauti.

"Tai neįmanoma. Man labai reikia ir jo, ir Mimoso. Taigi, tada viskas tiesiog liks kaip visada? Tik kiek laiko užtruksime Clemilda diktatūrą?

Kristinos veidu liejasi ašaros ir ji leidžiasi į neviltį. Jos reakcija išjudina Carmen ir ji eina jos paguosti.

"Jei šis susitikimas su juo yra toks svarbus, manau, kad galiu rasti būdą.

Karmen akimirkai nutolsta nuo svetainės ir pasikviečia mane į kambarį. Sužinojusi apie Kristinos buvimą, aš tampu laimingas ir pasiryžtu iš karto eiti pas ją. Atsisuku atgal link svetainės, kol Renato lieka kambaryje, o Carmen eina į virtuvę ruošti vakarienės. Pamačiusi mane, Kristina atsistoja ir bėga manęs apkabinti. Aš atlieku meilę. Sėdėjome vienas šalia kito kambaryje.

"Taigi, ar nusprendėte?

"Aš daug galvojau apie tai, ką jūs pasakėte, ir noriu pasakyti, kad aš tuo tikiu. Vienuolyne jie išmokė mane atpažinti, kada žmogus nuoširdus.

"Be tikėjimo, ar esate pasirengęs pakeisti savo gyvenimą?

"Taip, ir aš noriu pamiršti viską, kas įvyko. Jūs buvote teisus dėl to, kad aš nesu kaltas dėl tragedijos. Tai buvo prakeiksmas, kurį ta ragana pradėjo ant manęs, kai palietė mano galvą. Vis dar turiu vilčių, kad ji bus nugalėta ir kad mano noras kalnui bus patenkintas.

"Taigi, aš tai padariau. Jūs radote save. Nebeatrodote, kad esate liūdna, nusivylusi jauna mergina. Esu laimingas dėl tavęs. Dabar galiu turėti teisę į paskutinę kovą. Artėja "priešingų jėgų" susidūrimas.

"Mūšis? Apie ką kalbi?

"Tai yra sandoris, kurį sudariau su Clemilda. Jei įvykdyčiau tris iššūkius ir įtikinčiau jus rasti savo likimą, turėčiau teisę į šią kovą. Tai vienintelis šansas surinkti "priešingas jėgas" ir dar kartą jas subalansuoti.

"Suprantu. Ar galiu padėti? Mano mutintinas galios labai padėtų mūšyje.

"Nežinau. Tai labai pavojinga. Jei susižeistum, Kristina, aš nesugebėčiau sau atleisti.

Keletą akimirkų galvoju apie jos pasiūlymą. Įdomu, ar ji tikrai būtų reikalinga mūšio lauke. Nežinojau, koks tai bus karas.

"Gerai, galite. Tačiau jūs turite likti už manęs. Aš apsaugosiu jus nuo Tamsos jėgų. Tuo tarpu galą uždengiate savo mutintinomis galiomis.

"Ačiū. Kada tai įvyks?

"Rytoj. Susipažinkite su manimi koplyčios griuvėsiuose 7:00 val.

Išeinu atostogų ir prašau jos, kad mano buvimo vieta būtų paslaptyje. Ji sutinka ir išeina. Tam tikra atgaila valgo mane už tai, kad priėmiau mūšį, bet jau per vėlu. Kita diena būtų galutinė dėl Mimoso likimo, ir aš dalyvaučiau mūšyje, kuris visiškai pakeistų mano gyvenimą ir, be abejo, visatą.

Angelo pašaukimas

Mes su Kristina laiku atvykome į susitikimo vietą. Ji manęs klausia, kodėl būtent ši svetainė ir aš atsakau, kad tai buvo vartai į mano patirtį. Paaiškinu jai detales apie "priešingas jėgas" ir dabartinį disbalansą. Po to prašau tylos ir pradedu šauktis Angelo, nes tai labai padėtų mūšyje.

"Artėja karas tarp "priešingų jėgų". Šioje kovoje materialios ir nematerialios būtybės susidurs viena su kita. Mūsų grupę sudaro tik du žmonės: aš, regėtojas, ir Kristina, kuri yra mutanto. Mums reikia aukštesnės galios, kuri suteiktų mums neapčiuopiamą saugumą, todėl prašome Mūsų Tėvo atsiųsti savo Angelą, kad jis lydėtų ir saugotų mus šioje pavojingoje kovoje. Mimoso likimas kabo pusiausvyroje ir gėrio stiprybė turi būti išbaigta.

Maldą kartoju tris kartus, o paskutinį kartą jaučiu, kaip mano širdis dreba netaisyklingais dūžiais, o šeštasis pojūtis tampa visiškai aštresnis. Po akimirkos mano durys yra atviros, ir aš turiu leidimą atrakinti kito pasaulio paslaptis. Matau, kad dideliame karališkųjų rūmų kambaryje atsidarė durys ir iš jų išeina septyni angelai, kurie kartu atstovauja pačiam Dievui. Vienas iš jų rankoje nešioja taurę, kurios turinys yra mano atkakli malda. Septyni angelai artėja prie Visagalio Dievo sosto. Tas, kuris turi chalatą, išlieja jį ant ugnies dešinėje Tėvo pusėje. Pasigirsta perkūno riaumojimas ir pakitę balsai. Atidaromos durys tarp dviejų pasaulių ir angelas su koplyčia eina pro jas. Durys užplombuojamos ir užrakinamos iki jų sugrįžimo. Tuo metu mano durys uždarytos, ir aš grįžtu į normalų gyvenimą. Atgavęs sąmonę, matau Kristiną, atsiklaupusią ir šalia manęs degantį Angelą ilgais ir ryškiais sparnais, apšviečiantį visą vietą. Ant jo veido užrašytas Karalių karalius ir Lordų Viešpats. Atrodo, kad jo kojos ir kojos dega, o lieknas kūnas įveikia bet kokią skulptūrą. Kelias akimirkas stoviu šalia žavėdamasi jo grožiu. Ji nusprendžia susisiekti su manimi per minties jėgas. Ji prašo manęs išlikti ramiam ir pakelti Kristiną prie kojų, nes ji neturėjo jokios priežasties jį garbinti. Paklūstu Angelui ir klausiu, kas nutiks. Jis man sako, kad nežino, jog "priešingų jėgų" susitikimas yra nenuspėjamas. Ji mane patikina, kad su juo būsime saugūs. Su atnaujintomis jėgomis ir dangaus apsauga pasiryžau išbandyti tą patį slaptažodį iš savo ankstesnės patirties. Su visa jėga krūtinėje šaukiu:

"Mes pasiruošę!

Žemė dreba, dangus tamsėja, žvaigždės sudaužomos, o visa visata jaučia akimirkos emociją. Prasidės paskutinis mūšis ir ant kortos pastatyta abiejų pasaulių ateitis.

Paskutinis mūšis

Scenarijus vis dar keičiasi. Grindys dingsta ir angelas turi suteikti mums galių, kad galėtume skristi ir mes. Horizonte skiriamoji linija pasirodo kaip jėgos lauko tipas, kuris neleidžia mums praeiti. Tada ateina momentas, kai viskas prasideda. Didžiulė tamsa artėja kartu su vampyru ir kai kuriais vyrais su gobtuvais. Kitoje pusėje yra Clemilda, įsakinėjanti viskam su savo Makiavelizmus superi galiomis. Kova pagaliau prasideda. Angelas ir demonas, Kristina ir vampyras, ir aš, ir vyrai su gobtuvu. Kova tarp nematerialių būtybių yra tiesiog neįsivaizduojama. Abu judesiai neįtikėtinu greičiu ir jų smūgiai yra labai galingi. Atrodo, kad su kiekvienu smūgiu abu pasauliai dreba. Kristinos ir vampyro susidūrimas taip pat yra vienodai subalansuotas. Ji naudoja savo ugnies spindulius, kad apsisaugotų nuo jo užpuolimų. Taip pat susiduriu su sunkumais. Vyrai su gobtuvais yra įgudę kovotojai. Turiu panaudoti visas savo aiškiaregystės galias, kad su jomis susidoročiau. Karas tarp "priešingų jėgų" buvo tik prasidėjęs, o sunkumai buvo daug.

 Kova tęsiasi ir susidūrimas pamažu pradeda keistis. Kai kurie vyrai su gobtuvu krenta išsekę, o aš jaučiuosi laisvesnė. Kova tarp angelo ir demono bei Kristinos ir vampyro išliko lygi, bet, mano požiūriu, gera buvo pergalė. Vos per kelias akimirkas man pavyksta nuversti paskutinius varžovus. Tada šiek tiek pailsėsiu ir stebiu kito muštynes. Tikiuosi visų jų pergalių. Clemilda suvokia savo artėjantį pralaimėjimą ir savo galiomis pasitelkia nudeda. Jie palieka senovės vietinių kapinių kapą ir yra visi žmonės, kurie vienaip ar kitaip leidžia sau nukrypti nuo savo tikrųjų kelių. Jie yra mano naujieji priešininkai mūšyje. Tarp jų pripažįstu vietinį Kualopu, burtininką, kuris beveik sukėlė Xukuru tautos išnykimą. Jis yra mano labiausiai bijomas priešininkas, nes, kaip ir Clemilda, jis dominuoja tamsiosiose jėgose. Prieš pradėdamas kovą pradedu prisiminti globėjo mokymus, iššūkius ir urvą. Visi šie žingsniai man pasitarnavo kaip nuostabus dvasinis augimas. Dabar turėčiau tai panaudoti savo naudai mūšyje. Prasideda kova ir gyvieji mirusieji bando mane pridengti tikslu užpulti mane visus iš karto. Greitai atsikratau šios apgulties ir atakuoju. Su mano atakos stiprumu kai kurie iš jų suplėšomi. Kualopu pradeda kartoti tylią maldą ir tą pačią akimirką šviečiantis ratas mane apsaugo ir palieka nejudantį. Kitas nudeda svertas mane užpulti. Urvo atmintis iškyla, kai teko susidurti su visu veidrodžių scenarijumi. Trys apmąstymai atgijo ir reiškė penkiolikmetį jaunuolį, netekusį tėvo, vaiko ir senio. Aš priešinausi visiems šiems aspektams ir sužinojau, kad nė vienas iš jų dabartyje nebuvo dvidešimt šešerių metų jaunuolis, rašytojas, turintis matematikos licenciją. Ratas, kuris mane laikė, reiškė visas silpnybes, kurias įeidamas į urvą sugebėjau suvaldyti. Galvodamas apie tai, sutelkiau savo galias ir impulsu ratas nutrūksta. Tada galėjau atkeršyti ir sunaikinti daugybę priešininkas. Kualopu atsisakė pripažinti mano jėgą ir paskutiniu smūgiu man pavyko jį įveikti. Tai pamačiusi, Clemilda supanikavo ir ėmė artikuliuoti savo naujausią strategiją.

Kol Clemilda ruošėsi, pastebėjau, kad kitos gėrio jėgos jau turėjo pranašumą prieš priešingą jėgą. Tai padarė mane laimingą ir atsipalaidavusį. Taip pat skiriu laiko atsipalaiduoti ir atsikvėpti. Galiausiai nusprendžia Clemilda. Ji išvyksta stoti į kovą tiesiogiai prieš mane. Naudodama tamsias jėgas, ji apsiginkluoja kardu ir skydu. Angelas mato mano situaciją ir su savo galiomis duoda man tuos pačius ginklus. Prasideda pasirodymas ir mane stebina varžovo judrumas. Ji nebuvo mėgėja. Kurį laiką lieku gynyboje, kad galėčiau ją stebėti visais atžvilgiais. Mano požiūris verčia mane prarasti pusiausvyrą ir burtininkė sugebėjo man smogti į veidą. Pertvarkius savo planus ir bandau kontratakuoti. Mano atsakymas duoda rezultatų ir aš grįžtu į kovą. Su dar vienu įniršiu aš ją nuginkluoju, o ji lieka be gynybos. Tada, norėdamas dar labiau subalansuoti situaciją, aš taip pat atsikratau savo šarvų. Aš ją griebiu ir mes matuojame savo jėgas. Ji šaukiasi Velnio ir aš, Jėzaus Kristaus ir jo kryžiaus. Tą pačią akimirką ji krenta nugalėta. Dingsta demonas ir vampyras; atsiranda saulė ir žemė.

Angelas šviečia labiau nei bet kada, ir aš girdžiu iš Dangaus didelės šventės triukšmą. Man pavyko surinkti "priešingas jėgas" ir padėti Kristinai. Akimirksniu angelas atsisveikina ir taip pat dingsta. Mano kelionė laiku buvo sėkminga ir aš ją kartodavau, kai tik reikėdavo tai padaryti.

Esamų struktūrų žlugimas

Krintant Clemilda, juodi debesys išsisklaidė, jos pakalikai pabėgo, o Kristina buvo išgydyta. Su tuo Mimoso grįžo į normalią būseną, o krikščionybė vėl pradėjo savo vietą. Švęsdama Kristina organizavo šventę Gyventojų asociacijos pastate. Buvau pagrindinis svečias. Partija buvo pilna žurnalistų, kurie vis užduodavo klausimus.

"Ar tiesa, pone Regėtojai, kad išgelbėjote Mimoso nuo piktojo burtininko nagų? Kaip tai įvyko?

"Na, aš buvau tik likimo instrumentas ir mano kovos kompanionė čia, Kristina. "Priešingos jėgos" buvo nesubalansuotos ir mano misija buvo vėl jas suvienyti.

"Ką tu dabar darysi, pone?

"Na, nežinau. Manau, kad turiu laukti naujo nuotykio.

"Ar tu vedęs, pone? Kokia jūsų profesija?

"Ne. Aš teikiu pirmenybę savo studijoms. Apie savo profesiją esu administracijos asistentas. Be to, esu licencijuotas matematikos srityje ir esu rašytojas.

Klausimai tęsiasi, bet aš atsitraukiu nuo žurnalistų. Ketinu pasikalbėti su Kristina ir pažiūrėti, kokia ji yra. Ji sako pamiršusi tragediją, tačiau vis dar nerimauja dėl Claudio. Jis buvo suimtas prieš kurį laiką ir ji neturėjo jokių naujienų. Ji dar kartą patvirtina savo meilę ir sako, kad jis yra nepamirštamas. Aš ją paguodžiu ir stengiuosi nudžiuginti. Vakarėlio metu lieku šalia jos, kad atiduočiau jai jėgų. Kai jis baigiasi, atsisveikinu su ja ir grįžtu į viešbutį.

Pokalbis su majoru

Prieš išeidamas iš "Mimoso" nusprendžiau paskutinį kartą pasistengti dėl Kristina. Tokia didelė meilė kaip jos ir Claudio negalėjo eiti be vieno paskutinio šanso. Taigi, nuėjau į išsigandusio majoro rezidenciją paskutiniam pokalbiui su juo. Įėjęs į namo sodą, paskelbiau save ir netrukus po to buvau priešais jį.

"Pone majorai, aš atėjau pasikalbėti su jumis apie jūsų gražią dukrą Kristina. Buvau tiesiog su ja ir supratau, kad ji kenčia. Kodėl nesuteikiate galimybės mokesčių rinkėjui Claudio? Žiūrėk, ar nematai, kaip jis jai tinkamiausias žmogus?

"Neįtraukite savęs į šeimos reikalus. Aš neauginau dukros, kad turėčiau mokesčių rinkėją kaip savo žentą.

"Aš įtraukiu save, nes esu jos draugė ir jos laimė man svarbi. Jūsų Didenybė atmeta Claudio, nes jis yra vargšas ir paprastas. Ar pamiršote savo prastą vaikystę Maceió mieste? Jūsų Didenybė taip pat buvo paprasta. Žmogui svarbu jo savybės, talentas ir charizma. Mūsų socialinis statusas mūsų neapibrėžia. Mes esame tai, ką apie mus sako mūsų darbai.

Mano atsakymas supurto didžiuosius kai kuriuos ir iš jo akių teka atkaklios ašaros. Jis nuvalo juos iš gėdos.

"Iš kur jūs tai žinote? Niekada niekam nepasakojau apie šią tamsią savo gyvenimo dalį.

"Jūs nesuprastumėte, net jei aš tai paaiškinčiau. Problema ta, kad jūs esate nesąžiningas su Kristina ir atimate iš jos tikrą meilę. Ar matote tragediją, kurią išprovokavote savo sutvarkyta santuoka? Ta sistema neveikia.

Majoras kelias akimirkas buvo susimąstęs ir netrukus po to atsakė.

"Gerai. Leisiu jiems abiem pasimatyti, o paskui tuoktis, bet nenoriu jų matyti čia šalia. Mano dukra ir toliau yra nusivylimas mano gyvenimu.

"O kaip Claudio? Ar atleisite jį?

"Taip, šiandien.

"Majoras, dar vienas dalykas. Mečiau jūsų žurnalisto darbą. Nebegaliu pakęsti melo šiems žmonėms apie tave.

Didysis grūmėsi iš pykčio, bet aš jau buvau išėjęs. Išeidamas mėgaujuosi aiškia sąžine, nes atlikau savo vaidmenį. Dabar viskas, kas liko likimui, buvo prisijungti prie dviejų širdžių, kurios tikrai mylėjo viena kitą.

Atsisveikinimas

Pagaliau atėjo momentas, kai Claudio buvo išlaisvintas. Už policijos nuovados jis laukė savo draugų ir įžūlios Kristinos. Visi ta proga buvo nekantrūs ir nervingi. Stoties viduje Claudio pasirašo paskutinius dokumentus, kurie bus išleisti.

"Aš baigiau, delegatas Pompeu. Ar galiu jau eiti? Čia buvo daug kančių ir kančių metas. Gerai prisimenu tą dieną, kai jie mane čia užrakino ir tai buvo blogiausia diena mano gyvenime. (Claudio)

"Galite eiti dabar. Pažiūrėkite, ar negalite atsiriboti nuo flirto su merginomis, kuriomis neturėtumėte būti?

"Mano suėmimas buvo tironiškas, ir jūs tai žinote, pone. Ar mylėti yra nusikaltimas? Aš nevaldau savo širdies.

"Na, jūs buvote įspėtas. Kareivis Peixoto lydi objektą iki išėjimo.

Claudio pasitraukia ir kareivis paklūsta delegato įsakymams. Išeidamas Claudio žiūrėjo šiek tiek atgal, tarsi atsisveikindamas su akimirkomis, kurias praleido kalėjime. Po to jis pažvelgė į dangų, tarsi norėdamas atsižvelgti į visą visatą. Jis jautėsi laisvas ir laimingas, nes iš naujo atnaujins savo gyvenimą. Po kelių akimirkų jis apkabino savo draugus ir Kristina laukė savo eilės. Jiedu apsikabino ir ilgai bučiavosi.

"Mano meilė! Jūs esate laisvas! Dabar galime būti laimingi, nes mano tėvas leido mūsų santykiams. Kalnas tikrai šventas, nes jis atsakė į mūsų prašymą. (Kristina)

"Ar tai tiesa? Netikiu! Ar tai reiškia, kad galime būti kartu ir turėti savo vaikus? Palaimintas kalnas. Nesitikėjau šio stebuklo.

Jiedu toliau minėjo, o tuo tarpu aš prieinu. Artėjome prie mano išvykimo laiko.

"Kaip nuostabu matyti tave kartu ir laimingą. Manau, kad galiu grįžti, ilsėkis užtikrintas, grįžti į savo realų laiką.

"Ar tikrai reikia eiti? Kaip gaila! Pažiūrėkite, kaip išmokome žavėtis jūsų pastangomis ir ryžtu. Aš niekada nepamiršiu, ką tu padarei dėl manęs ir dėl Claudio, ačiū!

"Pasiilgsiu ir tavęs. Kalėjime, kur mes buvome laikomi kartu, aš šiek tiek susipažinau su tavimi ir manau, kad tu nusipelnei šanso gyvenime ir visatoje. Sėkmės! (Claudio)

"Prieš eidama noriu paklausti paskutinio dalyko, Kristina. Ar galiu išleisti knygą su jūsų istorija?

"Taip, su viena sąlyga. Noriu jį pavadinti.

"Gerai. Kas tai?

"Jis vadinsis "Priešingomis jėgomis".

Aš pritariu Kristinos nurodymui ir suteikiu jiems paskutinį apkabinimą. Jie visi buvo mano istorijos dalis. Su ašaromis akyse grįžtu ir nukreipiu save į viešbutį. Susipakuočiau lagaminus ir išeičiau. Pakeliui prisimenu visus laikus, kai buvau toje kaimiškoje vietoje. Viskas, ką išgyvenau, prisidėjo prie mano dvasinio ir moralinio formavimosi. Dabar buvau pasiruošęs naujiems nuotykiams ir perspektyvoms. Lėtais žingsniais priartėju prie viešbučio. Paskutinį kartą atsisveikinu su viskuo, kas yra aplink mane, ir darau išvadą, kad jų visiškai nepamiršiu. Jie bus amžinai išgraviruoti mano galvoje kaip prisiminimai iš mano pirmosios kelionės laiku, kelionės, kuri pakeitė mažo kaimelio, vadinamo Mimoso, istoriją. Galvodama apie tai, jaučiuosi laiminga ir išsipildžiusi. Po kelių akimirkų atvykstu į viešbutį ir einu į savo kambarį. Renato miega, o aš jį pažadinu. Susipakuojame lagaminus ir einame į virtuvę atsisveikinti su Carmen.

"Ponia Carmen, mes išeiname. Norėjau pasakyti, kad jūsų pagalba man buvo labai svarbi, kad sužinočiau tragedijos detales. Be to, norėčiau padėkoti už svetingumą ir kantrybę.

"Būtent aš norėčiau padėkoti jums už viską, ką padarėte dėl Mimoso. Mes gyvenome diktatūros sąlygomis, o jūs mus išlaisvinote. Tikiuosi, kad visos jūsų svajonės išsipildys.

"Ačiū. Renato, atsisveikink su ponia Carmen.

"Noriu pasakyti, kad tu man visą tą laiką buvai kaip mama. Man patiko maistas ir jūsų patarimai.

Mes visi trys apsikabinome ir akimirkos emocija privertė mane išlieti ašaras. Tai, ką mes gyvenome per šias trisdešimt dienų, baigėsi. Ji būtų amžinai ypatinga mano gyvenime. Kai apkabinimas baigėsi, nuėjome prie durų ir pamojavome paskutiniu atsisveikinimu. Išeidami eidavome į tą patį tašką, kur laiku užbaigdavome kelionę atgal.

Sugrįžimas

Iš viešbučio išorės paskutinį kartą pažvelgiu į tai, kas buvo mano namai per šias trisdešimt dienų. Ten turėjau savo pirmąją viziją, kuri man parodė visą istoriją. Tai buvo Regėtojo, visažinės būtybės, svajonių realizavimas per jo vizijas. Turėdamas faktus, galėjau įeiti į renginių tvarkaraštį ir elgtis taip, kad neteisybė būtų panaikinta. Tai man paliko aiškią, laimingą sąžinę, nes buvau įvykdęs misiją, kurią man buvo patikėjęs globėjas. Man pavyko suvienyti "priešingas jėgas" ir padėti Kristinai rasti tikrąją laimę. Todėl Mimoso grįžo į krikščionybę ir daugelis jos tikinčiųjų galėjo garbinti, šlovinti ir išaukštinti Kūrėją. Norėčiau, kad galėčiau turėti šiek tiek daugiau laiko mėgautis visu šiuo darbu. Na, aš stebėsiu dvasią. Žvilgtelėjusi pažvelgiu į Renato ir suprantu, koks jis buvo svarbus mano misijoje. Be jo mano kontaktas su Kristina nebūtų buvęs tinkamai atliktas ir nebūčiau pabėgęs iš kalėjimo. Tikrai buvo verta jį nuvežti į šią kelionę.

Mes toliau vaikštome ir greitai artėjame prie Ororubá kalno papėdės, kalno, kurį visi laikė šventu. Būtent ten sutikau globėją, vaiduoklį, jauną moterį ir vaiką, įveikiau iššūkius ir įžengiau į pavojingiausią urvą pasaulyje. Urvo viduje, vengdamas spąstų ir besivystančių scenarijų, man pavyko priversti jį įgyvendinti savo svajonę ir tai pakeitė mane į Regėtoją. Visa tai buvo labai svarbu, kad galėčiau laiku leistis į kelionę ir pakeisti įvykių liniją. Dabar buvau ten, kalno papėdėje, išpildytas ir jau galvojau apie kitą nuotykį. Buvau taip susikoncentravusi į tai, kad mažai supratau, jog maža ranka mane traukia. Atsisukau pažiūrėti, kas vyksta. Tai buvo Renato.

"Kas iš manęs taps dabar, pone Regėtojai?

"Na, aš grąžinsiu tave globėjui, kuris tavimi rūpinasi, tiesa?

"Pažadėk, kad pasiimsi mane į kitą kelionę. Man patiko trisdešimt dienų išbūti Mimoso kaime. Pirmą kartą pasijutau naudinga ir svarbi.

"Nežinau. Tik tuo atveju, jei tai griežtai būtina. Pamatysime.

Atrodo, kad mano atsakymas nepadarė Renato visiškai laimingo, bet aš neprieštarauju. Negalėjau nieko garantuoti dėl ateities, nepaisant to, kad buvau psichinis. Be to, negalėjau nuspėti, kas nutiks su knyga, kurią išleisiu. Nuo to priklausė mano nauji nuotykiai. Šiek tiek pamirštu knygos klausimą ir koncentruojuosi į supančią gamtą: Pilki debesys, grynas oras, smarki augmenija ir karšta saulė. Tos septynios dienos, kurias praleidau kalno viršūnėje, išmokė mane jį visiškai gerbti. Kai mes to nedarome, tai neigiamai reaguoja. Pavyzdžių nėra nedaug: stichinės nelaimės, visuotinis atšilimas ir gamtos išteklių trūkumas. Pabaiga yra arti, jei liksime tokioje iracionalumo būsenoje.

Laikas praeina ir mes visiškai užkopiame į kalną. Grįžtame į tašką, kur laiku padarėme kelionę, ir aš pradedu susikaupti. Aplink mus sukuriu šviesos ratą ir mes pradedame lėtėti. Reikėjo daryti priešingai, nei buvo daroma anksčiau, kad laiku judėtume į priekį. Užklumpa šaltas vėjas, mano širdis pagreitėja, gravitacinės jėgos praranda galią ir su tuo galime pradėti kelionę atgal. Šviesos žiedas plečiasi ir metai eina pro šalį: 1910, 1920, 1930, 1940, 1950, 1960, ... 2010. Kai mes gavome būtent tą tašką, ratas tapo anuliuotas, ir mes nukritome ant grindų. Atsikėlęs pamatau globėją, ir tai daro mane laimingesnį.

"Taigi, matau, kad jūs jau grįžote. Jums pavyko suvienyti "priešingas jėgas" ir padėti mergaitei, Dievo Vaikui?

"Taip. Kelionė buvo sėkminga ir man pavyko pertvarkyti dalykų prasmę. Urvas buvo labai svarbus, kad man pasisektų.

"Urvas bus tik vienas žingsnis jūsų kelyje. Ji turėtų būti naudojama kaip parama augimui ir mokymuisi. Regėtojas vis dar turi daug iššūkių, su kuriais reikia susidurti. Būkite išmintingi ir apdairūs priimdami sprendimus.

"Na, aš tau grąžinu Renato. Tu buvai teisus siųsdamas jį su manimi. Jis buvo svarbus. Be to, norėčiau padėkoti jums už visą dėmesį ir atsidavimą, kurį man suteikėte. Be jūsų mokymų aš nebūčiau įveikęs urvo ir netapęs Regėtoju.

"Dar nedėkokite man. Kai tik reikia, turite grįžti į šią šventą vietą. Tada aš pasirodysiu ir parodysiu jums kelią. Prieš ką atsiminkite: Meilė ir tikėjimas yra dvi galingos jėgos, kurios, teisingai panaudotos, sukuria stebuklus. Kai abejojate arba per tamsiausią savo sielos naktį, prisiglauskite prie savo Dievo ir šių dviejų jėgų. Jie jus išlaisvins.

Tai pasakęs, globėjas dingo kartu su Renato. Stovėjau kelias akimirkas galvodamas apie tai, ką pasakė globėjas. Mano sielos tamsiausia naktis? Manau, kad turėčiau apie tai sužinoti daugiau. Griebiau lagaminus ir pradėjau leistis nuo kalno. Pagaučiau pirmąjį automobilį, kuris grįžtų namo.

Namie

Ką tik grįžau iš kelionės ir artimieji mane priima su vakarėliu. Mano mama atrodo susirūpinusi, nes ji negailestingai užduoda man klausimus. Kai kuriems atsakau ir ji tampa ramesnė. Einu į savo kambarį nusivilkti lagaminų. Vėlgi, žiūriu į kūrinius, kuriuos skaičiau pastaraisiais metais, ir jaučiuosi dar laimingesnė, nes netrukus tarp jų bus mano. Dabar esu literatūros dalis ir ja labai didžiuojuosi. Mano dėmesys nukrypsta ir pastebiu, kad mano lovoje pilna matematikos knygų. Jaučiuosi šiek tiek kalta, kad juos apleidau šiek tiek daugiau nei mėnesį. Pradedu juos varstyti, darau keletą skaičiavimų. Galiausiai grįžtu prie matematikos, kitos savo gyvenimo aistros.

Epilogas

Atsisakius Mimoso, įvyko daug dalykų. Kristina ir Claudio susituokė ir tapo septynių gražių vaikų tėvais. Nedidelė Šventojo Sebastiano koplyčia buvo atstatyta, o gubernatorius įvykdė savo pažadą majorui ir palaikė jį Pesqueira meru. Jis buvo išrinktas ir tęsė savo dominavimo ir autoritarizmo istoriją. Netolimoje praeityje buvo nutiestas greitkelis BR-232, kuris paskatino paslaugų ir verslo perkėlimą į Arcoverde (tuo metu, kai knyga buvo parašyta, tai buvo Rio Branco kaimas). Tada atėjo laipsniškas geležinkelio išardymas ir Mimoso tapo miestu vaiduokliu.

Šiuo metu Mimoso turi tris tūkstančius gyventojų, o rajono ekonomika yra susijusi su kaimyniniais miestais Pesqueira ir Arcoverde. Iš esmės jis sukasi aplink gamybos ir galvijų veisimo atlyginimus, kuriuos gauna į pensiją išėję žmonės. Vienas iš svarbiausių "Mimoso" akcentų yra fondas "Possidônio Tenório de Brito", kuris per į pensiją išėjusį teisėją Aluiz Tenório de Brito siūlo švietimo ir kultūros galimybes. Jis įrengė vertingą biblioteką, pradėjo informacinio ugdymo kursą, taip pat įkūrė vaizdo įrašų biblioteką. Esu vienas iš jaunų žmonių, kuriems ši iniciatyva buvo naudinga, ir šiandien esu rašytojas, "Priešingų jėgų" autorius.

Pabaiga.

www.ingramcontent.com/pod-product-compliance
Lightning Source LLC
LaVergne TN
LVHW011948070526
838202LV00054B/4848